**REDRUM**

Martyrium
1. Auflage
(Deutsche Erstausgabe)

Verleger: Michael Merhi
Lektorat: Jasmin Kraft
Korrektorat: Simon Kossov / Silvia Vogt
Umschlaggestaltung und Konzeption:
MIMO GRAPHICS unter Verwendung einer
Illustration von Shutterstock

ISBN: 978-3-95957-726-7

E-Mail: merhi@gmx.net
www.redrum-verlag.de

YouTube: Michael Merhi Books
Facebook-Seite: REDRUM BOOKS
Facebook-Gruppe:
REDRUM BOOKS - Nichts für Pussys!

BAUKOWSKI

# MARTYRIUM

**Zum Buch:**

Nach der Trennung von ihrem Freund bricht Alexandra mit ihrem alten Leben und nimmt sich eine Auszeit. Mit ihrem vierbeinigen Partner Kurt will sie sich auf dem Land neu sortieren.

Doch in dem abgelegenen, scheinbar friedlichen und idyllischen Ort gerät sie in einen unvorstellbar grausamen Strudel der Gewalt.

Wird sich Alexandra ihrem Martyrium fügen?

**Achtung: Beinhaltet drastische Gewaltszenen und sexuelle Inhalte.**

**Zum Autor:**

Baukowski schreibt seine Geschichten losgelöst von jeglichen Genrekonventionen. Ohne Zweifel hat er einen Hang zum Extremen, und seine Worte sind vulgär, provokant, krude, bedingungslos brutal, gelegentlich gar poetisch und oftmals mit einem krankhaften Sinn für pechschwarzen Humor versehen.

Diesmal präsentiert Baukowski seinen Lesern eine weitere Facette, denn nichts langweilt ihn mehr, als Erwartungshaltungen zu erfüllen. Seine bisherigen Veröffentlichungen waren meist in den Bereichen Horror, Bizarro-Fiction, Splatter und Trash angesiedelt.

Mit *Martyrium* wagt sich Baukowski konsequent auf neues Terrain und liefert einen absolut kompromiss-, sowie humorlosen Hardcore-Thriller ab.

*Martyrium* wird ganz bestimmt einige Leser vor den Kopf stoßen und bringt vielleicht sogar das klischeebeladene sowie geschlechtsorientierte Bild des Autors ein wenig ins Wanken. Aber zeichnet nicht gerade das die konsequente Fuck-off-Attitüde Baukowskis aus?

**Bisher bei Redrum erschienen:**

Bizarr
Rum und Ähre
Schwarze Mambo
Martyrium
14 Shades of Unicorns (Kurzgeschichte)
Bad Toys 2 (Kurzgeschichte)

# BAUKOWSKI

# MARTYRIUM

Hardcore-Thriller

# PROLOG

*Der Schmerz ist der große Lehrer der Menschen.*
*Unter seinem Hauche entfalten sich die Seelen.*
Marie Freifrau Ebner von Eschenbach

Ein lauwarmer Spätsommerabend endete. Die anklingende Kälte der Nacht vertrieb die angenehme Temperatur des Tages, der Geruch feuchter Erde lag in der Luft und bot zu dieser Jahreszeit neben dem waldig-moosigen Duft eine zusätzlich leicht harzige Note. Es war ein besonderes Aroma: ähnlich Petrichor, dem Geruch von Regen auf trockener Erde – und das, obwohl es zu keinem Schauer gekommen war.

Das Dunkel der bevorstehenden Nacht brach langsam in dieses scheinbar friedvolle Fleckchen Natur hinein.

Der Nachthimmel präsentierte sich noch im idyllischen Veilchenblau und Violett. Das Grün der Bäume war durch die beginnende Dunkelheit kaum noch zu erkennen, und so nahm man die Blätter eher in allen möglichen Rot- und Brauntönen wahr.

Der Wald, der den kleinen See umgab, bot eine beruhigende Klangkulisse. Die Laute eines Raufußkauzes hallten durch die klare Nacht und glichen einer abendlichen Serenade, während sich der fahle Schein des Mondes im Gewässer spiegelte. Die unzähligen Sterne, die tagsüber auf der Oberfläche des Sees glitzerten, funkelten nun am Nachthimmel. Doch die leichte, unbeschwerte und beschauliche Stimmung sollte einer erdrückenden Atmosphäre weichen.

Kaum sichtbar zeichneten sich in stetig gleichem Rhythmus als Vorboten kleine Wellen auf dem Waldsee ab. Auf der Oberfläche des Gewässers trieb eine Frau. Vollkommen reglos, fast schwebend, nackt und auf dem Rücken liegend. Ihr Gesicht war wie ihr gesamter Körper völlig zerschunden: Ein Auge war vollständig zugeschwollen, die Pupille des anderen Auges war erstarrt und reagierte nicht mehr auf den Lichteinfall des Mondes. Ihr apathischer Blick schien in unendliche Weiten zu gleiten. Die Farbtöne blau, lila und dunkelrot dominierten den größten Teil ihrer Haut. Unzählige Blessuren zierten den wohlproportionierten Körper und trübten das bis eben noch so harmonische Bild. Die vielen Verletzungen auf der jungen Haut wirkten fast wie Tattoos eines Künstlers. Trotz dieser Merkmale, die auf eine brutale Gewalteinwirkung schließen ließen, hatte es den Anschein, als wären die aufgeplatzten Lippen in völliger Gleichgültigkeit aufeinandergepresst, als wäre nichts mehr als völlige Leere in ihr. Diesem Vakuum waren unendliche Trauer und bittere Hoffnungslosigkeit vorausgegangen. Ihre Atmung war so schwach, dass sie kaum wahrnehmbar war. Die Frau wirkte losgelöst und völlig entspannt, ganz so, als würde sie den anklopfenden Tod mit offenen Armen empfangen, wie einen alten Freund, den man nach Jahren wieder trifft.

Etwas zog die Frau in die Tiefe. Ihre langen brünetten Haare, die auf der Wasseroberfläche dunkler wirkten, waren das Letzte, das zu sehen war, ehe der kühle Abgrund sie verschluckte.

# AKT I - NEUANFANG

*Wenn du einen verhungernden Hund auflíest*
*und machst ihn satt, dann wird*
*er dich nicht beißen.*
*Das ist der Grundunterschied*
*zwischen Hund und Mensch.*
Mark Twain

# KAPITEL 1

*Die kalte Schnauze eines Hundes ist erfreulich warm gegen die Kaltschnäuzigkeit mancher Mitmenschen.*
Ernst Reinhold Hauschka

Alexandra stieg aus ihrem roten Lancia Ypsilon. Sie streckte sich und ließ ihre Finger hörbar knacken, denn sie war zufrieden mit sich. Die Fahrt verlief ohne nennenswerte Unterbrechungen, und die Fahrtzeit von knapp drei Stunden kratzte sogar an ihrer Bestzeit.

Kurt, ihr katalanischer Schäferhund, wedelte voller Vorfreude mit seinem Schwanz, als sie den Kofferraum öffnete.

»Ist ja gut, Schatz. Du kannst jetzt rau…«

Der Rüde sprang aus dem Wagen und schüttelte sich, ehe Alexandra den Satz zu Ende sprechen konnte.

In diesem Augenblick öffnete sich die Haustür. Alexandras Vater trat mit einem freudestrahlenden Lächeln auf den Lippen heraus und winkte den beiden zu.

Alex fiel auf, dass ihr Vater mittlerweile vollständig ergraut war. Aufgrund der Distanz fand der überwiegende Kontakt via Skype oder anderen sozialen Medien statt. Dabei war ihr die augenscheinliche Veränderung an ihrem Vater gar nicht so sehr aufgefallen – in der Realität sah es schlimmer aus. Dennoch, Rainer Wagner sah gut aus. Gut im Sinne von gesund und überdurchschnittlich altersentsprechend. Er hatte deutlich weniger Bauchansatz, als viele gleichaltrige Männer, da er großen Wert auf sein äußeres Erscheinungsbild legte.

Alexandras Vater trug ein dunkelrotes Markenhemd,

dazu Bluejeans und elegante cognacfarbene Schnürschuhe. Einzig sein Schnauzbart, ein Relikt aus den Achtzigern, wollte nicht so ganz in das ansonsten recht modische Gesamtbild passen. Auch wenn Alexandra ihn gern mit dem nicht mehr zeitgemäßen Oberlippenbart neckte, wollte sie sich ihren Vater gar nicht ohne vorstellen. Der Schnäuzer gehörte einfach zu ihm.

Rainer rief nach dem Hund, und Kurt jagte bellend zu ihm. Der Vierbeiner veranstaltete einen wahren Freudentanz. Kurt hechelte und quietschte vor Aufregung, lief um Rainer herum und sprang immer wieder an ihm hoch.

Alexandra lehnte sich an den Lancia, genoss die Wärme, die der Motor des Autos ausstrahlte und sah sich das Spektakel amüsiert an. Zwischen ihrem Vater und ihrem Hund gab es seit jeher eine ganz besondere Verbindung. Er war es, der ihr den loyalen Begleiter einst geschenkt hatte.

Ihr Vater war mittlerweile in seinen Sechzigern, aber er spielte mit dem Tier, als stünde er in der Blüte seiner Jugend. Was Alexandra missfiel, war, dass er den Knaben zu sehr verwöhnte, ja, fast schon verhätschelte. In den paar Minuten, während die beiden auf dem Rasen tollten, hatte Kurt schon zwei *Scooby Snacks* bekommen.

Alexandras Vater rappelte sich auf, klopfte sich den Staub von der Hose ab und ging mit dem Vierbeiner treu an seiner Seite zu seiner Tochter.

»Alex, mein Engel«, sagte Rainer und nahm sie liebevoll in seine Arme.

Alexandra brach augenblicklich in Tränen aus und hasste sich gleichzeitig dafür. Auf der Hinfahrt hatte sie sich geschworen, dass sie nicht gleich losheulen würde. Gleich einem Mantra hatte sie es sich immer wieder vorgesagt. Es reichte schon aus, wenn ihr Vater sie mit ihrem Kosenamen ansprach, um den Damm, ihren Schutzwall, zum Einsturz zu bringen.

Der groß gewachsene und stattliche Mann streichelte ihr übers Haar und küsste sie zärtlich auf die Stirn. »Hat er dich sehr verletzt, Alex?«

Wenn dies eine Frage war, dann wertete Alexandra sie als rein rhetorische. Sie wusste, dass sie für ihren Vater ein offenes Buch war. Bereits beim Telefonat, indem sie ihren heutigen Besuch ankündigt hatte, beschlich sie das Gefühl, dass ihr Vater bereits über die Trennung Bescheid wusste. Auch wenn sie versuchte, sich nichts anmerken zu lassen, der Tonfall ihrer Stimme war einen Hauch höher als sonst gewesen. Das konnte sie partout nicht unterdrücken.

Alex würde ihren Vater nicht als hochsensiblen Menschen beschreiben. Dennoch verfügte er über eine ausgeprägte Wahrnehmungsfähigkeit. Alex war seine einzige Tochter. Auch mit Anfang zwanzig war sie sein Kind, und das würde sie auch ihr Leben lang bleiben.

Der frühe Tod ihrer Mutter hatte die intensive Beziehung der beiden weiter verstärkt und ihre Bande noch enger miteinander verflochten.

Behutsam klopfte er ihr auf die Schulter, nachdem sie sich aus der Umarmung gelöst und sich ihre Tränen abgewischt hatte.

Alexandra nahm ein Taschentuch aus der Handtasche in ihrem Auto und schniefte hinein. Sie liebte ihren Vater dafür, dass er immer für sie da war. Er nahm sich die Zeit, wenn sie reden wollte, aber er drängte sie niemals. Ihr Vater verzichtete auf penetrantes Ausfragen, auf ungefragtes Aufdrängen seiner Meinung oder das Verteilen unnützer Ratschläge. Er war in der Lage, ihren Leidensdruck in Stille mit zu ertragen. Eine seltene Eigenschaft, die sie ihm hoch anrechnete.

Alexandra verzichtete auf Erklärungen, wie es zum Bruch zwischen Philipp und ihr gekommen war. Sie brachte es einfach nicht übers Herz, ihrem Vater vom gesamten Ausmaß der Tragödie zu erzählen. Das hier war nicht Hollywood. Alex wusste, dass ihr Vater nicht nur mitfühlen würde, er würde auch mit ihr leiden. Dieser Hilflosigkeit würde sie ihren Vater unter keinen Umständen aussetzen. Sie war ihrem alten Herrn einmal mehr dankbar, als er sie aus ihrer prekären Lage herausholte, indem er das Thema abrupt beendete.

»Kommt erst mal rein. Ich habe mich an deinem Leibgericht versucht«, meinte ihr Vater nicht ohne Stolz. »Und für dich ist heute Weihnachten.« Er tätschelte Kurts Flanke. »Es gibt ein saftiges Stück Fleisch.«

Alex setzte sich an den Tisch. Kurt hatte sein Fressen unter dem Tisch bereits erhalten und verschlang sein gekochtes und ungewürztes Geflügelfleisch mit wenigen gierigen Bissen. Auch Alex' Magen knurrte hörbar, als ihr Vater Kartoffeln mit Schweinelendchen sowie Erbsenpüree mit Speck kredenzte.

»Wow, Paps, das sieht fantastisch aus!« Und so roch es auch. Alex lief sprichwörtlich das Wasser im Mund zusammen. Auch Kurt kam unter dem Tisch hervor, als er seine Mahlzeit verputzt hatte. Er setzte sich neben Rainer und schaute ihn mit großen, treudoofen Augen an.

»Denk nicht mal dran!«, warnte Alex ihren Vater in weiser Voraussicht. Doch der Rüde griff weiter in seine Trickkiste und begann leise zu winseln.

»Ignoriere ihn einfach«, meinte Alexandra kauend.

Doch ihr Vater gab nach und ein Stück Schweinefleisch verschwand im Rachen des Tieres.

»Paps! Du verziehst Kurt!«, protestierte Alex, worauf ihr Vater mit einem schuldbewussten Schulbubenblick reagierte. Dreißig Sekunden lang schauten Kurts Pfoten und die Hundeschnauze neben dem Teller ihres Vaters auf.

Alexandra sprang vom Stuhl auf und schickte die Fellnase in den Nebenraum.

Die Mahlzeit schmeckte wirklich herausragend. Im Laufe des langen Leidensweges ihrer Mutter hatte sich ihr Vater zu einem ganz passablen Koch gemausert. In den letzten Jahren hatte er seine Kochkünste offenbar noch weiter ausgebaut. Er bestätigte auf Nachfrage, dass er einen Teil seiner wiedergewonnenen Freizeit in sein neues Hobby investierte. Mit Anfang sechzig war ihr Vater in Altersteilzeit übergegangen. Alex wusste, dass er sich als Beamter, der nebenbei erfolgreich in Aktien investierte, diese frühe Berentung durchaus leisten konnte.

***

Rainer liebte Spanien und verbrachte mittlerweile fast die Hälfte des Jahres in seiner kleinen Hazienda. In Mil Palmeras an der Costa Blanca hatte er sich ein ruhiges Fleckchen ausgesucht, fernab des hektischen Stadtlebens.

In einem spanischen Tierheim hatte Rainer den damals noch kleinen namenlosen Rüden entdeckt. Das kleine Fellknäuel war auf den ersten Blick nicht schön im klassischen Sinne, dafür war sein Fell viel zu zerzaust, verfilzt und stumpf. Der abgemagerte Welpe roch nach Ausscheidungen, weil er mit fünf weiteren Hunden in einem Zwinger eingepfercht war und jedes Tier auf dem engen Raum seine Notdurft verrichtete. Rainer schaute genauer hin: kleine braune Pfoten, eine dunkle Schnauze, die winzige Nase, die nicht größer als ein Knopf war, sowie die frechsten Augen, die er je gesehen hatte. Das Jungtier war ein Rowdy und in der Lage, sich trotz seiner noch schmächtigen Statur in dem Rudel zu behaupten. Mit seinen kleinen Zähnen knabberte er an Rainers neuen Lederschuhen. Eine Leidenschaft die ihm noch lange – sehr zum Verdruss anderer –, erhalten bleiben sollte. Rainer hob den jungen Hund hoch und dieser versuchte mit seiner kleinen Zunge den Mund des Menschen abzulecken. Angst schien der Welpe nicht zu kennen, vielmehr fiel er durch eine verspielte, neugierige und irgendwie auch herausfordernde Art auf. Spätestens jetzt war Rainers finale Entscheidung gefallen. Es war die oft zitierte Liebe auf den ersten Blick, als Alexandras Vater in die großen braunen Kulleraugen des Hundes blickte. Daran änderte auch der leicht rote Farbton über seinem Unterlid nichts, der auf eine Entzündung der Augen schließen ließ. Der ramponierte Zustand seines Fells, die eiternden Augen und der abgemagerte Körper, wusste Rainer, würden sich durch Liebe, Geduld, einen ärztlichen Gesundheitscheck sowie gutes Futter schon bald beheben lassen. Lieber bevorzugte Rainer einen Hund mit Charakter, als die *perfekten* Tiere vom Züchter. Rainer belächelte fasziniert den noch tapsigen und ungelenken Gang des Welpen. Voll naiven Vertrauens legte sich das Tier auf den Rücken und ließ sich seinen Bauch kraulen. Spielerisch biss das Tier in die Hände seines baldigen Herrchens. Rainers ursprüngliche Intention war es gewesen, sich einen Begleiter zuzulegen. Nach dem Tod seiner Frau vor achtzehn Monaten gab es Momente, in denen die Einsamkeit bitter an ihm nagte. Er war zwar nicht mehr der Jüngste, hatte jedoch noch eine Menge Liebe in sich, die er gern teilen würde. Alle Formalitäten, die für das neue Familienmitglied notwendig waren, erledigte er auf dem schnellsten Weg. Tags drauf ging Rainer einkaufen und kurze Zeit später konnte er seinen neuen Gefährten bereits aus dem Tierheim mitnehmen. Die Tierpflegerin informierte ihn der Form halber noch darüber, dass der Hund sich mindestens die erste Nacht verängstigt zurückziehen würde, doch noch am selben Abend war der Rüde bereits beruhigend schnarchend auf Rainers Bauch eingeschlafen. Sein neues Herrchen wunderte sich, wie sehr dieses fellige Wunder ihm bereits ans Herz gewachsen war.

Bilder seiner Tochter kamen ihm in den Sinn. Alexandra hatte sehr unter der langen Krankheit und dem anschließenden erlösenden Tod ihrer Mutter gelitten. Das von Natur aus eher introvertierte Mädchen war in seinen Augen noch ruhiger geworden, als es ohnehin schon immer gewesen war. Da Rainer seine Tochter mehr als sich selbst liebte, fasste er einen Entschluss, der ihm die Tränen in die Augen trieb.

Zurück in Deutschland ließ er sich von Alexandra vom Flughafen abholen. Seine Tochter staunte nicht schlecht, als ihr Vater mit einem Vierbeiner in einer Transportbox im Ankunftsbereich erschien.

»Paps, wen hast du denn da mitgebracht?« Alexandra ließ den ungestümen Rüden an ihrer Hand schnuppern. Umgehend leckte das Tier an den ihm dargebotenen Fingern. Rainer nahm wahr, dass sich die Wirkung, die dieses wundervolle Lebewesen bei ihm entfacht hatte, augenblicklich auch bei seiner Tochter entfaltete.

»Na, gefällt dir der Bursche?«, wollte er wissen.

»Er ist wundervoll!«

»Wie willst du deinen kleinen Wadenbeißer nennen?« Rainers Lächeln ging von einem Ohr bis zum anderen.

»Was? Du meinst …?«

Rainer nahm die Emotionen, die seine Tochter überwältigten, wahr. Sie sprang in seine Arme und drückte ihn ganz fest. Spätestens als sie ihn mit etlichen Küssen übersäte, stiegen ihm Tränen in die Augen. Durch den Schleier konnte er sehen, dass sich einige Leute im Gewühl des Flughafens nach ihnen umdrehten. Als sich die beiden wieder gefangen hatten, hakte er noch mal nach. »Und? Hast du schon eine Idee?«

»Kurt«, kam es wie aus der Pistole geschossen und beide lachten von Herzen.

»Hektor, Rex, Goofy oder meinetwegen auch Cujo hätten mich ja jetzt nicht sonderlich überrascht. Aber ausgerechnet Kurt?«, vergewisserte sich Rainer mit sichtbarem Schalk im Nacken.

Doch seine Tochter zuckte lediglich mit ihren Achseln.

»Für mich sieht das kleine Fellknäuel eben aus wie ein Kurt.«

***

Einige Tage später, informierte sich Alex im Internet über die Hunderasse Gos d'Atura Català. Als sie in Erfahrung gebracht hatte, was sie wissen wollte, tippte sie ›Kurt‹ als Suchbegriff ein. So erfuhr sie, dass der Name so viel wie ›der Kühne‹ oder ›der Tapfere‹ bedeutet. Zu diesem Zeitpunkt konnte sie noch nicht ahnen, wie sehr sich diese Namensbedeutung noch bewahrheiten sollte.

***

Das Essen war ein kulinarischer Genuss. Anschließend machten die beiden Wagners mit Kurt einen ›Verdauungsspaziergang‹, wie Alex' Vater es genannt hatte. Unterwegs erzählte Rainer seiner Tochter, wie er seinerzeit ihre Mutter kennengelernt hatte. Natürlich war Alexandra diese amüsante wie auch romantische Geschichte längst bekannt, aber es tat gut, ihren Vater lachen zu hören. Ein Stück weit Normalität und Ablenkung zu erfahren, nahm Alex gern an. Sie wusste, dass ihr die nächsten Tage seelisch einiges abverlangen würden. Abgesehen von Kurt würde sie mit sich selbst allein sein.

Als die drei zurückkamen, galt es für Alex und Kurt den weiteren Teil ihrer Reise anzutreten. Während Alex ihr Navigationssystem einstellte, meinte sie zu ihrem Vater: »Ich werde in vierzehn Tagen zurück sein. Wundere dich nicht, wenn ich mich nicht regelmäßig melde. Ich brauche jetzt einfach ein wenig Zeit für mich.«

Rainer Wagner nickte verständnisvoll. »Dann schreib mir wenigstens mal, damit ich weiß, dass es dir den Umständen entsprechend gut geht.«

Alexandra nickte. »Auf dem Rückweg werden Kurt und ich dich noch mal besuchen.«

»Pass gut auf dich auf, Alex.« Alexandras Augen füllten sich wieder mit Wasser, als ihr Vater sie innig umarmte.

»Ich könnte es nicht ertragen, wenn dir etwas zustößt.« Rainer beugte sich zu Kurt hinunter. »Und du, Rowdy, pass gut auf meine Tochter auf.« Er kraulte den Rüden hinter dem Ohr, gab ihm ein weiteren Scooby Snack und rechtfertigte es vor Alex als Wegzehrung.

# KAPITEL 2

*Die Scherben einer Liebe lassen sich nie mehr zusammensetzen.*
Sully Prudhomme

Um das Beste aus der langen Autofahrt zu machen, hatte Alexandra sich gestern Nacht noch eine Playlist auf ihrem Handy erstellt, die neben Rock- und Popsongs auch Aktuelles aus den Charts beinhaltete. Momentan lief ein Song einer irischen Band namens The Cranberries. Alex sang inbrünstig mit. Manchmal war es ein Privileg, wenn man allein, ohne menschlichen Begleiter, im Auto unterwegs war. Ohne dass Alexandra es bemerkte, war der Song *Nothing compares 2 U*, der auf *Zombie* folgte, der Auslöser, der sie zum Grübeln brachte.

Philipp war ihre große Liebe gewesen. Die wenigen Beziehungen vor ihm waren nie von langer Dauer gewesen, und keine hatte länger als ein Jahr gehalten. Mit Philipp hingegen war sie über vier Jahre lang zusammen und es war verdammt intensiv gewesen. Alexandra hatte sich Hals über Kopf in ihn verliebt. Er war genau ihr Typ. Er war einen Meter fünfundachtzig groß und hatte eine trainierte, athletische Figur. Mindestens fünfmal in der Woche ging er ins Fitnessstudio schwitzen, um auch ja kein Gramm zu viel anzusetzen. Philipp hatte pechschwarzes dichtes Haar, das er lang trug und in Strähnen lässig in die Stirn fallen ließ. Dazu ein Drei-Tage-Bart mit weichen Übergängen. Er war das, was der Volksmund einen Blickfang nannte. Über seine Wirkung auf das andere Geschlecht war sich Philipp absolut bewusst, und er kokettierte gern mit seinem guten Aussehen.

Einem Flirt war er nie abgeneigt. Wenn Alex mit ihm durch die Stadt schlenderte, nahm sie nicht selten die Blicke der anderen Frauen wahr, die von Bewunderung bis Neid alles abdeckten.

Nach dem erfolgreichen Abschluss ihres Journalismus-Studiums, hatte Alexandra einen Vertrag bei einer lokalen Zeitung unterschrieben. So lernte sie Philipp kennen. Er war vier Jahre älter als sie und schon seit zwei Jahren bei der Zeitung tätig. Seine Aufgabe war es, Alexandra einzuarbeiten. Es vergingen keine zwei Wochen und die beiden waren ein Paar. Silvia Vogt, eine Kollegin, hatte gegenüber Alex oft die Anekdote zum Besten gegeben, dass es bereits am ersten Arbeitstag mächtig zwischen den beiden geknistert hatte und die Luft zwischen ihnen förmlich brannte. Nach drei Monaten waren Alex und Philipp zusammengezogen. Natürlich mussten beide Kompromisse eingehen, doch das Zusammenleben empfand Alex insgesamt durchaus aus als harmonisch. Einzig Philipps Verhältnis zu Kurt würde Alexandra als ambivalent beschreiben. Auch wenn er es niemals zugegeben hätte, er liebte den zerzausten, frechen Hund nicht. Insgeheim, da war sich Alex sicher, nahm er ihn nur in Kauf, da es sie nur im Doppelpack gab. Es war mehr ein Tolerieren, ein Erdulden. Alexandra erinnerte sich noch gut an ihren ersten Streit. Philipp hatte sich wirklich Mühe gegeben und mit seinen eher begrenzten Kochkünsten ein leckeres Mahl zubereitet. Sie kam gerade von einem Besuch bei ihrer besten Freundin Simone zurück, und Philipp hatte sie mit einem Essen bei Kerzenschein überrascht. Alex war von dieser romantischen Geste gerührt und zeigte ihm ihre Freude, indem sie ihn umarmte und einen innigen Kuss aufdrückte. Just in dem Moment sprang Kurt auf und schnappte sich eines der guten Steaks vom Teller. Philipp flippte völlig aus. Er schimpfte lautstark auf das Tier ein, das winselnd hinter Alexandra Schutz suchte. Alex versuchte zu beschwichtigen, aber sie wusste, dass sie letztlich eher Partei für Kurt bezog. Der Vierbeiner war immer wieder mal der ausschlaggebende Punkt für einen Zwist. Philipp war generell dagegen, ein Haustier mit im Bett schlafen zu lassen, doch Alex (und letztlich auch ihr Hund) hatte sich in dem Punkt durchgesetzt.

Eitel war ein zu weiches Attribut, um Philipp zu beschreiben. Noch nie hatte er in Gegenwart seiner Freundin einen fahren lassen. Der Rüde hingegen machte das täglich, und besonders geruchsintensiv waren die Fürze, wenn Kurt zuvor Ochsenziemer gefressen hatte. Abwertende Bemerkungen waren das Mindeste, was Philipp darauf von sich gab. Manchmal, nachdem Philipp sich nach dem Sex erschöpft von ihr fallen ließ, kam Kurt und wollte die Ausscheidungen auflecken.

Alex konnte sich darüber prächtig amüsieren, Philipp hingegen hasste es und empfand das Bedürfnis des Hundes einfach nur als ekelhaft. Nach dem Liebesspiel, wenn beide noch kuschelten, gesellte sich Kurt oft zwischen die beiden. Philipp war das zuwider und wies den Hund in seine Schranken. Richtig lautstark wurde er dem Tier gegenüber, wenn Kurt Alexandra *anrammelte*. Philipp hielt ihr dann den altbekannten Vortrag, dass dieses obsessive Aufreiten ein Dominanzverhalten sei, das Alex umgehend zu unterbinden hätte. Alexandra gestand sich ein, dass er durchaus recht haben mochte. Ihr ging es jedoch nicht darum, was er sagte, sondern wie er es sagte. Im Endeffekt – dieses Resümee hatte Alex für sich gezogen –, konnte Philipp nur schwer damit umgehen, dass Kurt einen Großteil ihrer Aufmerksamkeit abbekam. Alex haderte mit sich, denn dieses Dilemma löste Schuldgefühle in ihr aus.

Der Hund fing sich bei Spaziergängen oftmals Zecken ein. Er hatte sogar mal Flöhe mit in die gemeinsame Wohnung geschleppt. Irgendwann hatte sich Philipp von den gemeinsamen Spaziergängen zurückgezogen. Er konnte es nur schwer ertragen, dass Kurt sich von dannen machte, um fünfzehn Minuten später völlig verdreckt und mit kleinen Wunden übersät zurückzukommen. Regelmäßig musste Alex ihrem Hund dann das Fell scheren, da dies ansonsten verfilzte. In Philipps Augen war der Hütehund völlig verzogen. Als er sich neue teure Lederschuhe gekauft hatte, wiesen diese tags darauf Bissspuren auf, die natürlich eindeutig Kurt zuzuordnen waren. Philipp war außer sich. Er beschimpfte Alex' Hund als eigensinnig, unerzogen und aufmüpfig. Natürlich bezog Alex, ihren inneren Gewissenskonflikten zum Trotz, auch hier Position für ihren Schäferhund.

Schließlich hatte sie ihren Ex-Freund analysiert und kam zu dem Schluss, dass Philipps mangelnde Selbstliebe ihm nicht erlaubte, jemanden wie Kurt an ihrer Seite zu akzeptieren. Philipp spielte vordergründig gern den einfühlsamen Freund, doch hinter dieser Maske verbarg sich ein zutiefst egoistischer und eigennütziger Mensch. Letztlich war er ein Chauvinist und Macho, das wurde Alex auf grausame Art bewusst.

Alexandras Hände umklammerten, ohne dass sie es selbst wahrnahm, das Lenkrad so fest, dass sich ihre Knöchel weiß verfärbten und sie erlebte vor ihrem geistigen Auge den Grund der Trennung erneut.

***

Alex fuhr von ihrer nicht weit entfernten Arbeit nach Hause, da sie ihr Handy liegen gelassen hatte. Sie steckte den Wohnungsschlüssel ins Schloss und öffnete die Tür.

In der Wohnung hörte sie lustvolles Stöhnen. *Philipp schaut sich heimlich einen Pornofilm an*, war ihr erster Gedanke und er amüsierte sie. *Wahrscheinlich masturbiert er. Na, dem werde ich jetzt mal einen gehörigen Schrecken einjagen.* Alexandra belustigte ihr Vorhaben so sehr, dass sich ein Grinsen auf ihren Lippen breitmachte. Kurz war sie irritiert, weil Philipp ihr gegenüber angegeben hatte, dringende Außentermine wahrnehmen zu müssen.

Als sie sich auf leisen Sohlen ins Wohnzimmer schlich, traf sie sprichwörtlich der Schlag. Auf ihrer hellbraunen Couch waren zwei kopulierende Menschen: Philipp und ihre beste Freundin Simone! Der Anblick zog ihr den Boden unter den Füßen weg und konfrontierte sie knallhart mit der Realität. In diesem Wimpernschlag ging etwas in ihr zu Bruch – etwas, das sich nicht mehr kitten ließ. Es war, als würden die einzelnen Teile des Scherbenhaufens plötzlich nicht mehr zusammenpassen, egal wie oft man sie auch drehte und wendete. Wie ein Puzzle, dessen Teile sich verformt hatten. Dieser eine Moment brachte ihr Weltbild ins Wanken. Nicht nur das Vertrauen zu Philipp, nein, auch das zu ihrer intimsten Freundin war von einem auf den nächsten Augenblick bis ins Mark zerrüttet.

»Alex …«, sagten die beiden in flagranti Erwischten wie aus einem Mund.

»Ich … kann das … alles erklären«, stotterte Simone allen Ernstes.

»Ich bin eine stolze Frau. Das habe ich nicht nötig.« Alexandra war sich im Nachhinein nicht sicher, ob sie das tatsächlich ausgesprochen oder nur gedacht hatte. Sie hasste große Theaterstücke und verzichtete auf jegliches Drama.

Alex blickte den beiden tief in die Augen und die beiden blickten schuldbewusst auf den Boden. Ihrem eindringlichen Blick konnten die beiden nicht standhalten. Ohne ein weiteres Wort machte Alexandra auf dem Absatz kehrt und verließ die Wohnung.

Kurt, der dem Treiben von seinem Platz im Wohnzimmer interessiert zugeschaut hatte, folgte seinem Frauchen.

Nachdem Kurt in den Kofferraum gesprungen war, setzte sich Alexandra hinters Lenkrad ihres Lancias. Einige Kilometer entfernt hielt sie an einem Waldstück, leinte ihren Hund an und ging mit ihm spazieren, um ihren Kopf freizubekommen. Dabei fasste sie einen folgenschweren Entschluss.

Zurück im Auto steuerte sie ihren Arbeitsplatz an. Ihre Vorgesetzte nahm sich Zeit für sie und hörte sich ihre Entscheidung an. Nach dem Gespräch bedankte Alexandra sich für die lehrreichen Jahre und die Beurlaubung bis zum datierten Ende des Aufhebungsvertrages.

Jetzt stand für sie noch ein letzter schwerer Gang an: Mit einem mulmigen Gefühl im Bauch fuhr sie ein letztes Mal zu ihrem ›Noch-Zuhause‹. Bereits an der Tür empfing sie Philipp mit einem Schwall aus Entschuldigungen.

»Philipp, ich bin nicht zum Reden hier«, unterbrach sie seine fadenscheinigen Entschuldigungsversuche.

»Ich werde jetzt meine Kleidung, ein paar Hundesachen und einige wenige Gegenstände einpacken, die mir wichtig sind, und dann bin ich weg.«

Die Ansage war für Philipp kein Argument, nicht weiter unnötige Rechtfertigungsversuche anzubringen, doch Alex strafte ihn mit Schweigen.

Erst als Alex die Wohnung endgültig verließ, sagte sie völlig nüchtern und in einer Seelenruhe, die sie selbst überraschte: »Du hast deine Entscheidung getroffen, Philipp, und ich bitte dich nun darum, dass du meine akzeptierst. Wir gehen ab sofort getrennte Wege. Suche nicht nach mir und lösche mich aus deinen Kontaktdaten. Die gemeinsamen Möbel gehören ab sofort dir. Im Gegenzug verlange ich, dass du mich mit sofortiger Wirkung aus dem Mietvertrag rauslässt.«

»Wo willst du denn jetzt hin?«, fragte Philipp aufgebracht.

»Nicht mehr deine Sache«, fiel Alex' knapp bemessene Antwort aus.

Mit dieser, für ihn unbekannten Kaltschnäuzigkeit, konnte Philipp nicht umgehen. In einem Ausbruch regressiver Raserei warf er Alexandra bissige Provokationen hinterher.

Alex ignorierte diese verletzenden Stiche so gut es ging und stieg stattdessen – beharrlich schweigend – in ihr Auto, in dem Kurt bereits auf sie wartete.

Erst am Abend, als sie mit Kurt allein in einem Hotelzimmer war, bröckelte ihre Fassade. Sie weinte lange und ihre Tränen flossen in das warme, flauschig-dunkle Fell von Kurt. Es war, als erkannte ihr loyaler Begleiter den Gemütszustand seines Frauchens. Er gab sich besonders verschmust und leckte ihre Hände.

Alex nahm ihr Handy, löschte erst die vielen ungelesenen Nachrichten von Philipp und Simone und anschließend die gemeinsamen Erinnerungen in Form von Fotos. Dann blockierte sie die beiden gestern noch so vertraut gewesenen Personen.

Nachdem ihre Tränen in der späten Nacht versiegt waren, übermannte sie ein erlösender Schlaf.

Der Folgetag begann am späten Morgen mit einem ausgiebigen Spaziergang. Unterwegs hielt Alex bei einem Bäcker und gönnte sich zwei ungesunde und klebrige Teilchen.

Später, zurück im Hotelzimmer, machte Alex sich mit ihrem Tablet auf die Suche nach einem abgelegenen Ort, an dem sie sich würde sammeln und neu orientieren können.

# KAPITEL 3

*Don't talk to Strangers*
*'cause they're only there to do you harm.*
Dio – Don't talk to Strangers

Alex befand sich inmitten der Pampa. Ihr Navi, das sie präzise geleitet hatte, zeigte an, dass ihr Ziel nur noch wenige Kilometer entfernt war. Wie sich herausstellte, hatte Alexandra sich die Wegbeschreibung umsonst ausgedruckt – sie hätte in dieser Walachei mit Funklöchern gerechnet.

»Ist ziemlich ab vom Schuss. Hier sagen sich tatsächlich Fuchs und Hase gute Nacht«, murmelte Alexandra und drehte sich dann zu ihrem Hund um. »Du wirst es lieben.« Kurt sah sie hechelnd an.

»Überall um uns herum ist Wald!« Das offene Maul des Rüden sah aus wie ein einstimmendes Lächeln und Alexandra fühlte sich in ihrer Aussage bestätigt.

*Wow, hier gibt es sogar eine Tankstelle*, dachte sie sarkastisch, als sie ein blaues Schild auf der rechten Seite erblickte. Die Tankanzeige befand sich im unteren Viertel und das veranlasste Alex, ihren Wagen aufzutanken und sich bei der Gelegenheit eine kühle Cola zu gönnen. Als sie die Zapfsäule anfuhr, kam ein Mann gefolgt von einem Mädchen aus der Tankstelle. Der große durchtrainierte Kerl trug weiße Nike-Turnschuhe – der schwarze geschwungene Haken war unverkennbar –, dazu eine Trainingshose mit weißen Streifen, ein dunkles Marken-T-Shirt und auf seinem Kopf eine schmale Kappe von

Lacoste. Die junge Frau war – sofern man es gut meinte –, ein wenig untersetzt und trug weite Kleidung: eine ausgewaschene Baggy-Pants sowie einen Kapuzenpulli – trotz des warmen Wetters. Sie fiel Alexandra durch ihr penetrantes Kaugummi kauen negativ auf. Der Typ glotzte aufdringlich auf ihr Nummernschild. *Wahrscheinlich verirren sich Fremde nur selten hierher*, erklärte Alexandra sich das distanzlose Verhalten. Sie stieg aus, steckte den Zapfhahn in die Öffnung und arretierte das Feststell-Häkchen. Alex, die das seltsame Pärchen nicht mehr im Blickfeld hatte, fühlte sich von den beiden beobachtet, so als ob sich deren Blicke in ihren Rücken bohren würden. Beiläufig drehte sie sich um, um sich zu vergewissern, ob die beiden noch immer dastanden. Natürlich war dem so.

Er klopfte sich eine Zigarette aus der Packung und zündete sich diese an. Wie Alex es hasste, wenn jemand unmittelbar in der Nähe von leicht entflammbaren Flüssigkeiten rauchte. Ihr war zwar bewusst, dass explodierende Tankstellen nur eines von vielen Hollywood-Klischees waren, aber es wurde ja nicht ohne Grund das Rauchen an solchen Orten verboten.

»Bist nicht von hier, wa'?« Jetzt sprach der bärtige Mann sie auch noch an.

Das Mädel neben ihm rollte mit den Augen und flüsterte ihrem Freund etwas zu, was Alexandra jedoch nicht verstehen konnte.

Alex versuchte ihre aufkeimende Aversion gegen die beiden zu unterdrücken und antwortete so freundlich es ihr möglich war: »Nein, ich bin aus einer ganz anderen Ecke.« Eine unangenehme Stille entstand und Alexandra hatte das Gefühl, dass die beiden nun von ihr erwarteten, dass sie ihnen jetzt verriet, woher sie kam. Doch Alex wollte keine Informationen über sich preisgeben.

Das peinliche Schweigen machte sie jedoch nervös und so rutschte ihr in der gezwungenen Konversation eine Auskunft heraus. »Vielleicht könnt ihr mir ja weiterhelfen. Ich müsste schon fast am Ziel sein. Ich suche eine Ferienwohnung …« Alexandra wurde von dem Mädchen unterbrochen.

»›Waldesnähe‹?«

»Ja genau, so heißt die Fewo.«

Der Bärtige rotzte auf den Boden. Neben dem Rauchen präsentierte er schon die zweite *liebreizende* Marotte.

»Die Straße runter, etwa zehn Kilometer und dann links. Kannste nicht verfehlen.« Schon als die wenig sympathische Frau die Wegbeschreibung aussprach, bereute Alexandra ihre Auskunftsfreudigkeit.

Der tätowierte Mann grinste Alex lüstern an. »Was macht denn so ’ne hübsche Pussy wie du ganz allein in diesem Kaff?«

Alex missfiel der unterschwellig anzügliche sowie provokative Ton und sie nahm ebenfalls wahr, wie das Mädchen neben ihm wieder mit den Augen rollte.

»Ich bin nicht allein, mein Hund ist an meiner Seite«, fiel die wahre aber gleichsam schützende sowie abwehrende Antwort aus.

Der junge Mann ging zu Alex’ Auto und sah sich das Tier durch die Scheibe an. Kurt war der Kerl offenbar nicht minder suspekt. Der Blick ihres Hundes war starr geradeaus gerichtet und seine Pupillen waren verengt. Alex erkannte die angespannte Körperhaltung sowie den hoch erhobenen Kopf des Hundes als klare Drohgebärde.

»Was is’n das für ein Flohtaxi?«, wollte er von Alexandra wissen.

Der Feststellhebel sprang zurück, das Auto war vollständig betankt.

»Ein spanischer Schäferhund«, antwortete Alex kurz abgebunden.

»Will mir die Tage auch ’n Tier zulegen. Aber ’nen richtigen Hund. Nicht so ’nen kleinen Kläffer, sondern ’nen Kampfhund!«

Alex ging nicht näher darauf ein, öffnete die Beifahrertür, griff nach ihrer Handtasche und fischte ihr braunes Lederportemonnaie heraus. Sie atmete tief durch und hoffte, dass der verbale Austausch mit diesen beiden unangenehmen Menschen nun ein Ende gefunden hatte. Drinnen entschied sie sich spontan für einen Eistee anstelle der Coke und bezahlte den anfallenden Betrag.

Als sie zurück zu ihrem Lancia ging, standen die beiden immer noch an ihrem Wagen. Alex hörte Kurt bellen, während sie näherkam und eilte zu ihrem Wagen, als sie erkannte, wie ihr Auto schaukelte, da ihr Hund darin tobte. *Diese beiden Arschlöcher haben ihn provoziert*, schoss es ihr durch den Kopf.

»Hey, was macht ihr da?«, fauchte Alexandra die zwei an.

»Wir haben nur ein bisschen mit deiner Töle gespielt«, pampte sie das Mädchen an, das seine Arme hochnahm, als würde es mit einer Waffe bedroht.

Alex bedachte die junge Frau mit einem bösen Blick und stieg dann ein. Ehe sie die Türe schließen konnte, fragte der unverschämte Kerl sie doch tatsächlich:

»Was hältste davon, wenn ich dich mal mit ein paar Bierchen im Gepäck und ein bisschen Pot in der ›Waldesnähe‹ besuchen komme?«

Alex war über diese Dreistigkeit entsetzt. Außerdem ärgerte sie sich über ihre eigene Dummheit. Wieso war ihr vorhin herausgerutscht, wo sie hinwollte? Auf Besuch von diesen Primaten konnte sie verzichten. Sie wollte nicht den Eindruck erwecken, hilflos zu sein, also griff sie zu einer Notlüge.

»Nein, mein Freund kommt heute noch.«

Der Kerl grinste so breit, dass Alex seine Backenzähne sehen konnte und hatte so ihre Zweifel, ob er ihr Glauben schenkte.

Alexandra schloss die Tür, startete ihren Wagen und gab Gas. Während der letzten Kilometer hoffte sie inständig, dass sie diese Idioten nie wiedersehen würde.

***

*Wenigstens war die Wegbeschreibung des unsympathischen Pärchens korrekt*, dachte Alex. Wie abgemacht, rief sie den Vermieter an. Dieser versprach, dass er in einer Viertelstunde vor Ort sein würde, um ihr den Schlüssel vorbeizubringen. Alex nutzte die Zeit, um mit ihrem Hund die angrenzende Umgebung zu erkunden. Doch zuvor riskierte sie einen Blick durch die Fenster.

Die etwa sechzig Quadratmeter große Wohnung sah von außen mindestens so schön aus, wie es die Bilder auf der Homepage versprochen hatten. Die Ferienwohnung war im gemütlichen Landhausstil eingerichtet. Im Internet hatte Alexandra gelesen, dass lediglich das Bad mit Dusche und WC abgetrennt waren, somit kamen die alten schweren Holzbalken so richtig zur Geltung. Dazu passte auch der große Kaminofen.

Alexandra ging in die kleine, an den Wald angrenzende Gartenanlage. Ein brauner Holzliegestuhl lud zum Verweilen in der Sonne ein. Kurt war nach der langen Fahrerei innerlich getrieben und froh, sich nun bewegen zu können. Seine Unruhe wertete Alex routiniert als Indiz dafür, dass er sein Geschäft verrichten musste. Als der Hund und sein Frauchen wieder aus dem Wald zurückkamen, war der Vermieter bereits eingetroffen.

Herr Reuter entpuppte sich als hochbetagter Mann, der das Renteneintrittsalter schon längst überschritten hatte. Der glatzköpfige und redselige Mann wirkte freundlich, wenn auch etwas verschroben. Aber er hatte offenbar große Freude an Kurt. Mit einem Ächzen und einem beunruhigenden Knacken im Hüftbereich beugte er sich zu dem Tier herunter. Er streichelte den Vierbeiner ohne jegliche Berührungsängste.

»Na, mein Kleiner, wie heißt du denn?«

»Das ist Kurt.«

»Kurt?« Herr Reuter lachte heiser auf. »Das ist mittlerweile aber ein selten gewordener Name. Ich hatte insgesamt vier Hunde. Mittlerweile bin ich wohl zu alt dafür. Das sagt zumindest meine Frau. Sie meint, dass ich mir keinen treuen Gefährten mehr anschaffen sollte. Der Hund würde mich wohl überleben. Tja, meine Frau ist weiterhin der Meinung, dass ich zu viel rede und wahrscheinlich hat sie damit auch recht. Hier ist der Schlüssel, junge Dame.«

Alex nahm diesen gern an und reichte dem Vermieter einen Umschlag mit der vereinbarten Summe. Herr Reuter hielt sie offenbar für vertrauensvoll, jedenfalls zählte er den Betrag nicht nach.

»Schließen Sie auf, Frau Wagner. Ich zeige Ihnen noch schnell die Wohnung.« *Schnell* bedeutete für Herrn Reuter eine halbe Stunde, da der sehr gesprächige Mann oftmals eine Anekdote nach der anderen zum Besten gab. Besonders stolz war er über seine urige Sammlung, die an der Wand hing.

»Schauen Sie mal hier, Frau Wagner, das ist ein altes Jagdgewehr. Aber keine Angst, es ist nicht mehr funktionstüchtig.« Er zwinkerte sie charmant an. »Im Gegensatz zu dieser Tierfalle hier. Wenn Sie sich also was zum Essen fangen wollen, nur zu«, scherzte er. Zum Abschied entpuppte er sich als Gentleman der alten Schule, indem er Alexandra anbot, ihr beim Tragen des Gepäcks zu helfen. Alex lehnte jedoch in Anbetracht des gebrechlichen Zustands des älteren Herrn dankend ab.

Herr Reuter zupfte sich seine Hosenträger zurecht und wünschte Alexandra einen erholsamen Aufenthalt. Falls sie Hilfe benötigte, verfügte sie ja über seine Telefonnummer. Dann zog der ältere Herr von dannen.

Alex richtete es Kurt und sich gemütlich ein. Sie stellte ihm sein Fressen hin und gab ihm zusätzlich noch ein Stück Rinderlunge. Daraufhin bereitete sie sich selbst eine Kleinigkeit zu essen zu, dann machte sie es sich mit einem Glas Wein auf der Couch gemütlich. Auch wenn der Tag körperlich gesehen keine großen Herausforderungen mit sich gebracht hatte, hatte er sie dennoch ziemlich geschlaucht. Dennoch wunderte sich Alex, warum es ihr – den Umständen entsprechend – doch relativ gut ging. Schließlich hatte sie von jetzt auf gleich mit zwei wichtigen Menschen in ihrem Leben gebrochen. Doch was nutzten schon Liebe oder Freundschaft, wenn sie letztlich auf einer Illusion basierten? Es ließ sich nicht eindeutig einordnen, welcher Verlust sie mehr schmerzte: Simone oder Philipp.

Ein Gedanke, der schon länger unter der Oberfläche ihres Bewusstseins brodelte, wurde Alexandra nun bewusst, als ob er langsam vom Grund eines Sees aufsteigen würde. Wenn sie ehrlich zu sich selbst war, hatte sie sich nie wirklich vorstellen können, dass Philipp der Vater ihrer Kinder wäre. War das nicht ein relevanter Indikator? *Du musst mehr auf deinen Bauch hören*, ermahnte sie sich. Philipp hatte es gehasst, wenn Alexandra ihren Vierbeiner geküsst und ihm gesagt hatte, dass er ihr

Liebling sei. Das war nur eines der Dinge, die ihren Ex-Freund massiv gestört hatten. Er nannte es eine kranke Hundeliebe, da sie Kurt in seinen Augen vermenschlichte. Beim Auszug hatte er ihr hinterhergerufen, dass sie ihren Scheißköter mehr geliebt hätte als ihn. Alex haderte und fragte sich, inwiefern sie eine Mitschuld an der Trennung gehabt habe. Sie erinnerte sich an einen bösen Streit, in dessen Folge Philipp sie voller Zorn fragte, wenn sie bei einem Brand, bei dem sie die Wahl habe, eher retten würde: Kurt oder ihn. Alex entgegnete damals, dass sie keine Lust auf solche regressiven Spielchen hätte und blieb ihm die Antwort somit schuldig. Doch innerlich hatte diese Frage nachgewirkt und Alex wusste, wie sie sich entscheiden würde. Ja, sie hatte Kurt mehr geliebt als ihren Freund. Jetzt, im Nachhinein wurde es ihr klar. Philipp, der Frauentyp, der ohne Aufwand jede haben konnte und von vielen Mädchen angehimmelt wurde, hatte sich für Alex entschieden, weil sie ihn eben nicht brauchte. Das war für ihren Ex eine Herausforderung, die er jedoch nicht meistern konnte. Er brauchte Liebe, Bestätigung und Aufmerksamkeit, die aus seiner Sicht das völlig verhätschelte Haustier im Überfluss an seiner Stelle erhielt. Über die Jahre konnte er es nicht mit seiner Geltungssucht vereinbaren und das Resultat war Fremdgehen. Alexandras Bitterkeit und Trauer wich nun einer durchdringenden Erkenntnis. Nicht Philipp war ihre große Liebe, sondern ihre bedingungslose Zuneigung galt einzig Kurt. Wie gerufen kam er angetrottet und nahm neben ihr auf dem Sofa Platz. Mit seiner kalten Schnauze stupste er sie an und forderte somit seine Streicheleinheiten ein.

»Du bist mein Bester. Du bist eine wirklich treue Seele.« Kurt leckte zufrieden an ihren Händen.

»Morgen werden wir zwei einen ausgedehnten Spaziergang machen.«

Der trockene Rotwein ließ ihre Augen schwer werden. Die Reflexion war anstrengend und kostete sie immens viel Kraft. Auch wenn ihr Kopf noch voller Gedanken war, gewann die Müdigkeit bald die Oberhand. Ihr letzter Gedanke, ehe Alex in den Schlaf versank, war ein tröstender, losgelöst jeglicher Traurigkeit: *Menschen gehen, Tiere bleiben*.

***

Wie ein aufgescheuchtes Huhn lief Alexandra durch die Ferienwohnung. *Wann hatte ich zuletzt Sex?* Das musste fast zehn Tage her sein. Ihre Periode war nun bereits seit vier Tagen überfällig, und dabei tickte ihr Zyklus gewöhnlich so zuverlässig wie ein Uhrwerk. Der bloße Gedanke an eine Schwangerschaft war der reinste Albtraum und Alex drängte ihre Bedenken ganz weit in die hinteren Ecken ihres Hirns.

»Du hältst hier die Stellung. Ich bin gleich zurück«, forderte sie ihren Hütehund auf und begab sich in ihr Auto. *Dieses Scheißdorf hat nicht mal eine Apotheke!*, dachte Alex genervt und trommelte nervös auf das Lenkrad. *Egal, fahr ich halt in den nächsten Ort*.

Es dauerte eine geschlagene Dreiviertelstunde, die Alex wie eine Ewigkeit vorkam, bis sie eine Apotheke ausfindig machen konnte. Zur Sicherheit nahm sie gleich zwei Schwangerschaftstests mit, bezahlte und machte sich eilig auf den Rückweg. Kurt empfing sein Frauchen bellend an der Tür und legte einen Freudentanz hin. Normalerweise hätte Alexandra ihm mehr Beachtung geschenkt und mit ihm gespielt, jetzt aber lief sie zügig ins Badezimmer und schloss sich dort ein. Sie musste

Gewissheit haben. Jetzt! Eilig packte sie den Test aus, setzte sich auf die Toilette und hielt ihn in ihren Strahl. Während Alexandra hibbelig auf dem Toilettendeckel hin und her rutschte und dem Ergebnis entgegenfieberte, überflog sie die Bedienungsanleitung. Angeblich versprach der Test bei exakter Durchführung ein zu neunundneunzig Prozent sichereres Ergebnis. Alex' Anspannung wuchs mit jeder verstreichenden Minute. Im Kontrollfenster erschienen zwei blaue Striche. Entsetzt warf Alexandra den Schwangerschaftstest an die Wand.

»Was? Was habe ich getan, um so ein Schicksal zu verdienen?«, rief sie in den leeren Raum und hörte Kurt von außen an der Tür kratzen. Verzweifelt riss sie die zweite Verpackung auf und versuchte es erneut. Nach wenigen Minuten hatte sie Gewissheit. Verzweifelt brach sie in Tränen aus …

***

Alex schreckte aus ihrem Albtraum hoch, begab sich in Sitzposition und atmete tief ein, erschrocken und erleichtert zugleich. Sie schüttelte sich, als könnte sie so die nächtlichen Gedanken abwerfen. Ihr fiel ein Zitat des Schriftstellers Elias Canetti ein: *»Alles was man vergessen hat, schreit im Traum nach Hilfe.«*

Ihr Vierbeiner lag neben ihr und gab sein sonores Schnarchen von sich, das sich beruhigend auf Alexandra auswirkte. Im flauschigen Fell fand sie Geborgenheit und auch bald wieder Schlaf, der nun ohne aufwühlende Träume verlief.

# KAPITEL 4

*Unsere Jugend ist heruntergekommen und zuchtlos.*
*Die jungen Leute hören nicht mehr auf ihre Eltern.*
*Das Ende der Welt ist nahe.*
Keilschrifttext, um 2000 vor Christus

Am nächsten Morgen wurde Alex durch ihren Hund geweckt. Ein Wecker war seit Jahren nicht mehr notwendig, da der Rüde darauf konditioniert war, gegen sieben Uhr morgens aufzustehen, da sich sein Harndrang bemerkbar machte. Er setzte sich neben Alexandras Kopfkissen und berührte mit seiner Pfote, eher unbeholfen als sanft, ihren Oberkörper. Wäre Alexandra nicht schon jetzt aufgewacht, hätte des Menschen bester Freund mit seiner Hundeschnauze an ihrem Gesicht genäselt oder gar mit seiner Zunge an ihr geleckt. Alex nutzte die Gelegenheit und kuschelte mit dem ihr vertrauten Tier.

Nachdem sie auf der Toilette gewesen war, griff sie ihren Bademantel und ging mit Kurt vor die Tür, dorthin wo er bereits am Vorabend sein Geschäft verrichtet hatte. Anschließend erhielt er frisches Wasser sowie einen gefüllten Napf. Im Ofen buk Alex sich mitgebrachte Brötchen auf, dann deckte sie den Tisch und gab sich einem ausgedehnten Frühstück hin. Sie nahm ihr Handy zur Hand. Herr Reuter hatte nicht zu viel versprochen, auch hier hatte sie Empfang. *Selbst in den entlegensten Ecken Deutschlands ist nun WLAN angekommen*, dachte sie für sich. Auf eine berufliche Neuorientierung hatte sie heute keine Lust, damit konnte sie auch noch die kommenden Tage beginnen und begnügte sich mit dem Abrufen einiger Nachrichtenseiten, dann legte sie ihr Smartphone beiseite.

Nach der reichhaltigen ersten Mahlzeit des Tages, hüpfte sie unter die Dusche und packte anschließend, nachdem sie ihr Hundespaziergangs-Outfit mit den stylischen Gummistiefeln angezogen hatte, noch einen Rucksack mit diversen Leckereien, Accessoires und eine Flasche Wasser für den vierbeinigen Partner sowie sich selbst. Dann zog es sie nach draußen. Das Wetter war einfach herrlich. Es war angenehm warm, nicht zu heiß, dafür sorgten die vielen Schatten im Wald. Die Sonnenstrahlen, die immer wieder durch die Lücken der hohen Bäume schienen, kitzelten Alexandras Nasenspitze. Die Luft hier war so rein, dass sie das Gefühl hatte, den unnachahmlichen Geruch der Natur förmlich schmecken zu können. Sie erinnerte sich, dass sie einmal einen Artikel über die heilenden Kräfte der Waldluft geschrieben hatte. Der Wald atmet bioaktive Substanzen aus, sogenannte Terpene, die das Immunsystem des Menschen stärken. Eine Studie besagte sogar, dass das Krebsrisiko durch kontinuierliche Waldspaziergänge gesenkt werden konnte.

Kurt machte sich über all das keine Gedanken, er genoss die Bewegungsfreiheit, auch wenn Alexandra ihn an einem Hundegeschirr führte. Ihr war die Gefahr des Wilderns zu hoch, außerdem befürchtete sie, dass ihr Hund Reißaus nehmen würde, sobald er eine Witterung aufgenommen hatte. Wenn sie später an einer großen Wiese oder Ähnlichem vorbeikamen, dann würde er sich ohne Leine austoben können. Der verspielte Kurt zog sein Frauchen durch den Wald, sodass Alex kaum hinterherkam und ihn zeitweise regelrecht bremsen musste.

Nach einer guten Stunde in rasantem Tempo, legten

beide eine Rast ein. Alex verdrückte einen mit Schokolade überzogenen Müsliriegel und leerte im Anschluss fast die halbe Flasche Wasser in einem Zug, dann ließ sie Kurt apportieren. Sie warf den mitgebrachten Dummy und vergrößerte bei jedem weiteren Wurf die Entfernung. Den Vierbeiner stellte das vor keine allzu große Herausforderung, also warf Alexandra nun auch zur Seite sowie nach hinten. Auch das brachte Kurt nicht an seine Grenzen und deshalb erhöhte Alex den Schwierigkeitsgrad, indem sie einen zweiten Dummy mit ins Spiel brachte.

Nachdem der Spieltrieb des Hundes ein Stück weit bedient war, ließ Alexandra als Belohnung ein Leckerli (oder Scooby Snack, wie ihr Vater zu sagen pflegte) auf der Nase des Hundes balancieren und letztlich verspeisen. Anschließend gingen sie weiter den Waldweg entlang. Kurts Tempo war nun im Vergleich zum Beginn der Tour ein wenig gedrosselt. An ihm ging die körperliche Betätigung nicht spurlos vorüber und er zeigte erste Ermüdungserscheinungen. Die reduzierte Geschwindigkeit kam Alexandra entgegen und so geriet sie ins Sinnieren. Sie setzte sich während des Spazierens gedanklich mit ihrer ehemaligen Freundin auseinander und begann Simones Beweggründe zu analysieren. Letztlich kam sie – ähnlich der Erkenntnis des gestrigen Abends –, zu dem Schluss, dass sie weder sie noch Philipp sonderlich vermisste. Sie war autark genug, ohne beide auszukommen. Der anfängliche Schock, der sie wie ein unerwarteter Schlag in die Magengrube erwischt hatte, war überwunden. Anstelle der bis jetzt vorherrschenden Melancholie beschlich sie ein warmes Gefühl des Glücks, als sie innerlich – und vollkommen ehrlich und überzeugt – zu sich selbst sagte: »Mir geht es gut.«

Nach einer weiteren Stunde kamen Hund und Frauchen an einem traumhaft schönen See an, der inmitten des märchenhaften Waldes gelegen war. Kurt war ein Wasserliebhaber und rannte umgehend in das kühle Nass. Nachdem er einige Runden geschwommen war, kam er zu seinem Frauchen zurück und schüttelte sich das nasse Fell trocken.

»Oh Kurt, du machst mich ganz nass«, beschwerte Alexandra sich spielerisch, ging in die Hocke und kraulte ihren Rüden im Nacken. Während er sich im Wasser vergnügte, hatte Alex sein Lieblingsspielzeug versteckt, ein blaues Seil mit Knoten, und auf das Kommando »Such!« machte Kurt sich mit seinem Seh- und vor allem Geruchssinn an die Arbeit. Er fand das Kauspielzeug recht zügig in einem Baumstumpf und brachte es freudig erregt zu Alexandra, die ihn daraufhin mit einem weiteren Snack belohnte.

Alex trug generell keine Armbanduhr und ihr Handy hatte sie bewusst in der Ferienwohnung zurückgelassen. Sie schaute in den klaren, wolkenlosen Himmel. Die Sonne strahlte hell und stand am höchsten Punkt, so schlussfolgerte Alexandra, dass es bereits nach zwölf Uhr Mittag sein musste. Ihr Magen knurrte wie auf Knopfdruck, so als wolle er die Uhrzeit bestätigen und darauf hinweisen, dass es Zeit für das Mittagessen war.

Alex setzte sich auf das Überbleibsel eines gefällten Baums, das sie eben noch als Versteck genutzt hatte und packte ein Butterbrot mit Käse sowie einige aromatische Salami Sticks aus. Kurt nahm neben ihr Platz und schaute sie mit großen Augen an. Mit einem Lächeln warf Alexandra das luftgetrocknete Fleisch in hohem Bogen zur ihrem Hund, der gekonnt danach schnappte und es gierig verzehrte.

Nachdem Alex sich gestärkt hatte, spürte sie, wie sie eine große Müdigkeit überkam. Die letzten Tage hatten ihr einiges abverlangt. Sie nahm ihren Rucksack mit zum Ufer und nutzte diesen als Kopfkissen. Kurt, der nicht minder erschöpft wirkte, legte sich neben sie. Gemeinsam ruhten sie sich aus, tankten Vitamin D und dösten ein.

***

Die Stille wurde durch Musik gestört, wenn auch in einiger Entfernung. Zu der friedlichen, irgendwie paradiesischen Atmosphäre wirkten die Klänge, die Alexandra dem Hip-Hop-Genre zuordnete, irgendwie fremdartig. Es gesellten sich ausgelassene, überwiegend männliche Stimmen dazu. Offenbar sollte sie schon bald nicht mehr die einzigen beiden an diesem bis dato ruhigen Plätzchen sein.

Alexandra rieb sich ihre Augen und streckte sich. War sie tatsächlich kurz eingeschlafen? Sie besah sich ihre Arme, wahrscheinlich hatte sie sich einen Sonnenbrand zugezogen, doch ihre Haut wies keine Rötungen auf. Neben ihr baute Kurt sich auf, als die Musik sowie die Stimmen näherkamen, stand die Rute des Hundes senkrecht und nur Alex' beruhigendes Streicheln hielt ihn vom herausfordernden Bellen ab. Auch Alexandras Blick ging in die Richtung, aus der die deplatziert und fast entweihend wirkende Geräuschkulisse kam. Sie erkannte eine kleine Gruppe, bestehend aus vier jungen Menschen. Sie kamen auf demselben Pfad, auf dem auch sie hierhergekommen waren. Plötzlich hatte sie das Gefühl, als wäre ihr Magen mit Eiswasser gefüllt. Zwei von ihnen erkannte sie wieder. Es war das seltsame Pärchen von der Tankstelle. Mit diesen Proleten wollte Alexandra sich den beschaulichen Waldsee ganz sicher nicht teilen.

Es war sowieso an der Zeit aufzubrechen.

Der Kerl, dessen zweifelhafte Bekanntschaft sie gestern gemacht hatte, zeigte auf sie. Trotz des lauten Sounds hörte Alexandra die Kids lachen und sie kamen auf direktem Weg auf sie zu. Auch Kurt stufte die Situation als Bedrohung ein, sein geöffnetes Maul zeigte Zähne und er knurrte leise. Alex ging in die Hocke, sodass sie sich auf Augenhöhe mit ihrem Hund befand. Neben Streicheleinheiten flüsterte sie sanft und beruhigend in sein Ohr: »Ruhig, mein Bester. Wir verschwenden unsere Zeit nicht mit diesen primitiven Idioten. Lass ihnen den See. Wir zwei machen uns jetzt auf den Rückweg, denn wir haben noch ein strammes Stück vor uns.«

Der Gettoblaster wurde auf dem Boden abgesetzt, dann bauten die vier sich in einer Distanz von etwa fünf Metern vor Alexandra und ihrem vierbeinigen Partner auf. Neben dem Typen mit dem Mädchen, war auch noch ein richtig großer dunkelblonder Kerl dabei sowie ein kleinerer brünetter Bursche, der sich ein wenig abseits hielt. Der Große trug zerrissene Jeans und über dem T-Shirt ein etliche Nummern zu großes Hemd, welches er bis zu den Ellenbogen umgekrempelt hatte. Auf dem Kopf trug er eine blaue Snapback mit Markenlogo, den Schirm der Cap hatte er nach hinten gerichtet. Den pseudo-urbanen Look empfand Alexandra einfach nur als lächerlich. Der Junge neben ihm wirkte schüchtern, fast als wäre ihm das Auftreten seiner Freunde unangenehm. Sein Kleidungsstil war unauffällig, lediglich Jeans und einfaches Shirt – hier fehlte der subkulturelle Einfluss.

Alexandra musste ihren Hund körpernah und fest an der Leine halten. Es war augenscheinlich, dass Kurt wenig Sympathie für die Jugendlichen hegte. Seine Körperhaltung offenbarte, dass er sich im Angriffsmodus befand.

»So sehen wir uns also wieder. Kann ja wohl kein Zufall sein«, meinte der Tankstellentyp cool grinsend mit einer Zigarette im Mundwinkel hängend.

Der Riese neben ihm lachte auf und gab ungefragt seine Meinung zum Besten. »Ist echt 'ne Bettie.«

Alexandra war mit dem Jugendjargon nicht wirklich vertraut, konnte sich aber zusammenreimen, dass diese plumpe Bezeichnung als Kompliment gemeint war. Immerhin hatte dieser Schmalspurgangster sie nicht *Bitch* oder so genannt. Der Typ von der Tanke, der augenscheinlich der älteste von den vieren war, übernahm wieder das Wort.

»Hast du Lust mit uns abzuhängen? Wir harzen und chillen ein bisschen.« Da war wieder das Augenrollen bei seiner Freundin. Ihr schien der Vorschlag gar nicht zu behagen. Der Unscheinbare blickte zu Boden, während der Riese mit einstimmte.

»Ja, wir haben das absolut beste Ganja am Start!«

»Vielen Dank für das Angebot, aber mein Hund und ich werden uns jetzt auf Rückweg machen.« Es fiel ihr schwer, freundlich zu antworten. Sie fragte sich, warum sie so eine Abneigung empfand. Im Endeffekt waren es doch lediglich ein paar Jugendliche. Wahrscheinlich waren es Kids aus bildungsfernen Familien. In zehn Jahren würden sie vielleicht selbst über ihre eigene verrohende Jugendsprachkompetenz lachen.

»Ey, Hannes, du Stricher! Zeig ihr mal, was du auf 'm Kasten hast«, forderte der bärtige Anführer den Hochgewachsenen auf.

Der Hüne bückte sich und drehte die Lautstärke der Boombox nach oben. Das Gebell von Kurt ignorierend, stimmte er in das Lied mit ein: »Ich mach aus Deutschlands Töchtern Nutten, deine Freundin möchte schlucken. Ich fick sie durchs Haus und du musst danach fünf Gebäudestöcke putzen. Ich bin neunzig Prozent Muskeln und werd am Airport stets gecheckt, denn ich seh so aus, als ob ich in meiner Jeans ’nen Feuerlöscher schmuggel.« Der Bärtige und seine Freundin lachten und applaudierten. Der Junge, der ein wenig abseits stand, zeigte keinerlei Reaktion.

»Und? Was sagste zu der Line?«, wollte Hannes wissen.

»Rap und so ist nicht meins«, antwortete Alexandra wahrheitsgemäß, »aber du hast es auf jeden Fall authentisch wiedergegeben.« Alex fand, dass sie sich damit gut aus der Affäre gezogen hatte und wollte sich mit Kurt endlich davonmachen.

»Dann euch einen schönen Tag.«

»Hat dein Boyfriend Verspätung oder hat er dich sitzen lassen?«, hinterfragte der Leitwolf mit einem schelmischen Grinsen.

In Alexandra wuchs der Ärger an. *Was geht den Typen überhaupt mein Privatleben an? Der soll mich gefälligst in Ruhe lassen, verdammt noch mal! Ich will dieses Arschloch nie wiedersehen.* Alex ließ sich jedoch nicht von ihren Emotionen leiten und antwortete sachlich: »Er ist in der Wohnung geblieben.« An dem überheblichen Lächeln des Prolls sah Alex, dass ihre Schutzbehauptung nicht ankam.

»Ach ja? Komisch, da war eben niemand.« Jetzt lachten er, Hannes und auch das Mädchen. Alexandra wich die Farbe aus dem Gesicht. Konnte es tatsächlich sein, dass sie an ihrer Ferienwohnung vorbeigegangen waren, oder war das ebenso ein Bluff wie ihre eigene Behauptung? Alex versuchte möglichst gelassen zu wirken und zuckte mit den Achseln. »Vielleicht ist er einkaufen gefahren?«

»Ja, vielleicht …«, meinte der älteste der Jugendlichen und trat einen Schritt näher auf sie zu. Kurt fing sofort angriffslustig an zu bellen. Würde Alexandra ihn jetzt von der Leine lassen, würde er sofort auf den dreisten Kerl springen.

»Du wohnst ganz allein. Hab ich nicht recht?«

Alexandras Geduldsfaden riss endgültig. Doch es machte sich neben Wut auch ein anderes Gefühl in ihr breit. Angst.

»Das geht dich einen Scheißdreck an!« Was bildete sich dieser Typ nur ein? Ging ihn dabei einer ab, wenn er Frauen Furcht einflößte?

»Lady, pfeif deinen Scheißköter zurück!« Jetzt meldete sich auch noch das Mädchen zu Wort, die nun auch nach vorn trat und sich neben ihren Freund stellte.

Jetzt hatte Alexandra wirklich Probleme, ihren nun schier tobenden Hund zu bändigen. Hannes rückte ebenfalls auf und verschränkte provokativ die Arme. Lediglich der Außenseiter schien zu überlegen, ob er stehen bleiben, mitziehen oder abhauen sollte.

Mit dem Zeigefinger vor dem Mund signalisierte der Wortführer allen leise zu sein. Der Gettoblaster, der weiter seine primitiven Macho- und Gewaltfantasien abspielte, ließ sich davon ebenso wenig beeindrucken wie der nun rasende Kurt. Lässig kramte der Anführer ein schwarzes Cuttermesser aus der Gesäßtasche und ließ die scharfe Klinge ein Stück weit herausfahren. Spielerisch warf er das Messer von einer Hand in die andere. Seine Augen waren zu Schlitzen verengt und die schmalen Lippen aufeinandergepresst.

»Lass deine Töle ruhig los. Ich werd dem Pelzvieh die Kehle durchschneiden«, zischte er.

Hatte Alexandra eben noch Mitgefühl mit den Heranwachsenden empfunden, erkannte sie nun, dass die

Kids von hoher krimineller Energie getrieben wurden. Alex' Empathie wurde schlagartig durch abgrundtiefe Verachtung ersetzt. Sie versuchte an die Vernunft der Jugendlichen zu appellieren.

»Ich will keinen Streit. Ich will einfach nur zurück.« Alexandra hoffte, dass sie nicht so verzweifelt klang, wie sie sich fühlte.

»Ach komm schon, Hendryk. Lass sie gehen.« Alle Blicke waren nun auf den bis dato wortkargen Jungen gerichtet.

»Halt die Fresse, Brüderchen!«, raunte der Große und in seinem Tonfall schwang Aggression mit.

Hendryk lachte und stupste Hannes an: »Sind deinem Bro endlich mal ein paar Eier gewachsen?«

Auch das übergewichtige Mädchen feixte nun.

Alexandra stimmte nicht in das Lachen mit ein, doch sie spürte, dass der Situation einiges an Schärfe genommen wurde.

Hendryk fuhr die Klinge ein, steckte sein Messer zurück und wandte sich an seine Freunde: »Ihr habt Mikey gehört. Macht Platz für die feine Dame.« Er machte eine gespielt höfliche Geste und gab damit zu verstehen, dass sie nun passieren konnte.

Auf der einen Seite des Weges standen Hendryk und seine Freundin, Hannes und sein Bruder auf der anderen.

Alex zog ihren wütenden und noch immer bellenden Hund an den Jugendlichen vorbei. Sie hatte ein mulmiges Gefühl im Bauch und konnte sich nicht vollends des Gefühls verwehren, dass jemand sie urplötzlich von hinten attackierte. Doch es geschah nichts dergleichen.

Irgendwann, als sie nochmals einen Blick über ihre Schulter zurückwarf, waren sie aus ihrem Blickfeld verschwunden und auch die Musik war nicht mehr zu vernehmen. Je mehr Distanz zwischen ihnen lag, desto mehr beruhigte Kurt sich wieder. Nach einem guten Kilometer fiel die Anspannung von Alexandra ab. Sie blieb stehen und brach plötzlich in Tränen aus. Kurt, der angeleint nur weniger Meter vor ihr ging, reagierte mit eingeklemmter Rute sowie gesenktem Kopf und kam zu ihr, um ihr Trost zu spenden. Sie drückte ihren bedingungslos geliebten Hund ganz fest an sich. Nach dem einminütigen Weinkrampf rappelte sich Alex auf und beide machten sich geradewegs zur Ferienwohnung. Eine Pause legten sie nicht mehr ein.

# KAPITEL 5

*Sadismus ist menschlich.*
*Oder quälen Tiere und empfinden Lust dabei?*
Nadine Pomes

Wieder in der ›Waldesnähe‹ angekommen, füllte Alexandra ihrem Hund frisches Wasser in den Napf, worauf Kurt sich sofort gierig stürzte. Dann öffnete sie den Kühlschrank und holte sich ein kühles Radler heraus. Alex trank selten Alkohol, denn nach zwei Gläsern Sekt gingen ihr gewöhnlich schon die Lichter aus. Sie verhielt sich dann kindisch und albern und im Nachhinein war ihr das extrem unangenehm, also ließ sie es mittlerweile gar nicht erst so weit kommen. Ihren letzten Vollrausch hatte sie irgendwann in ihren Jungendjahren gehabt, doch nach der heutigen bizarren Begegnung, die sie wirklich geängstigt hatte, konnte sie einen Schluck vertragen.

Aus der Bibliothek ihres Vaters hatte sich Alex *Jenseits von Eden* von John Steinbeck ausgeliehen. Sie kannte nur die Verfilmung aus den fünfziger Jahren, den Film hatte sie gemeinsam mit ihrem Vater gesehen. Er liebte Steinbeck, sie hingegen hatte dadurch eine Schwäche für James Dean entwickelt. In ihrer Schulzeit auf dem Gymnasium hatten sie damals *Früchte des Zorns* gelesen. Dieses Werk hatte sie nachhaltig beeindruckt. Mehr hatte sie dennoch nicht von dem Schriftsteller gelesen, auch wenn sie es sich schon lange vorgenommen hatte. Sie hatte sich sogar schon zwei weitere Titel auf ihren Kindle geladen, doch das Gerät lag seit zwei oder drei Jahren unbenutzt herum. Der E-Reader lag nun in Philipps Wohnung, da er nicht zu den wichtigen Sachen gehörte, die sie eingepackt hatte, und somit war er für sie nicht mehr existent. An den Kindle hatte sie sich eh nie wirklich gewöhnen können. Ein klassisches Buch in den Händen zu halten war ihr tausendmal lieber. Sie liebte es, in den alten, teilweise stark vergilbten Seiten zu blättern sowie an dem Papier zu riechen und so den aromatischen Duft aus geschnittenem Holz sowie Druckerschwärze in sich aufzunehmen.

Kurt schlief tief und fest – die Tour hatte ihn sichtlich ausgepowert. Jetzt, am späten Nachmittag, war es immer noch so heiß. Alexandra legte sich mit dem dicken Wälzer auf die Sonnenliege im Garten und vertiefte sich in den Roman. Nach knapp hundert Seiten legte sie das Buch beiseite und trank den letzten Schluck von dem inzwischen warm gewordenen und abgestandenen Biermischgetränk.

Sie stand auf, da ihre Beine eingeschlafen waren und sie durch Bewegung dem unangenehmen Kribbeln entgegenwirken wollte. Heißhunger überkam sie und sie ging in die Wohnung, vorbei an Kurt, der immer noch träge auf seiner Decke lag, um sich einen Stracciatella-Joghurt mit Raspelschokolade aus dem Kühlschrank zu nehmen. Um die Heißhungerattacke zu stillen, aß sie gleich noch einen zweiten. Anschließend ließ sie sich auf der Couch nieder. Sie dachte an den Charakter Caleb Trask aus Steinbecks Werk, der für Alex mit James Dean verbunden war. Die stahlblauen Augen, das geheimnisvolle und gleichsam coole Lächeln sowie die sexy Pomaden-Tolle machten den charismatischen Schauspieler auch gut sechzig Jahre nach seinem Tod noch überaus attraktiv für die Frauenwelt.

Alexandra spürte Lust in sich aufsteigen. Sex war etwas, wofür sie Philipp zeitweise vermissen würde. Sie beide waren kein Paar, bei dem bereits nach dem ersten Jahr die Luft raus war, was ihre Sexualität anging. Wo sich bei anderen echte Erregung und wirkliche Lust aufeinander verabschiedet hatten, hatten sie mindestens dreimal pro Woche miteinander geschlafen. Philipp war ein leidenschaftlicher Küsser: Wenn ihre Lippen miteinander verschmolzen, bewegte Philipp seine Zunge in rhythmischen und kreisenden Bewegungen an ihrer Zungenspitze. Allein beim Gedanken daran überkam Alex ein wohliges Kribbeln, trotz der Gewissheit, dass er diese Intimität nicht nur mit ihr, sondern auch mit mindestens einer weiteren Frau geteilt hatte. Philipp war ein Gentleman, hatte sich immer Zeit genommen und streichelte Alexandra zärtlich an Armen und Beinen, dann liebkoste er ausgiebig ihre Brüste, massierte sie, leckte und saugte an ihren Brustwarzen. Sie hatte es geliebt, wenn Philipp ihr tief in die Augen schaute und ihr zuflüsterte, dass er nur sie wollte, dass nur ihr wundervoller Körper ihn in solche Ekstase versetzen konnte. Die klare Erinnerung hinterließ einen bitteren Beigeschmack des Verrats. Alexandra verdrängte ihre verletzten Gefühle und dachte stattdessen daran zurück, wie gut er darin war, sie mit seiner Zunge zu verwöhnen. Auch hier fing er zärtlich sowie spielerisch an, doch je lustvoller sie aufstöhnte und je mehr ihr Körper zu zittern begann desto mehr saugte er an ihrem Kitzler, während seine Finger in sie eindrangen. Durch Oralverkehr konnte er sie vollends sexuell befriedigen.

Alexandra spürte, wie ihre Säfte zu fließen begannen und sie feucht wurde. Kein Partner vor ihm hatte seine Lust so lange rücksichtsvoll zurückgehalten, bis sie ihren Orgasmus erlebt hatte. Wenn sie sich nicht gemeinsam ihrer Wollust hingaben, schrie und ejakulierte Philipp seine Lust unmittelbar nachdem sie gekommen war heraus.

Alexandra zog nun ihre Jeans und ihren Bikinislip herunter. Die Gedanken hatten ihr Lust bereitet, sie begann sich selbst sanft mit einem Finger zu streicheln sowie behutsam ihre Lustperle zu stimulieren. Sie dachte an all die schönen Dinge, die Philipp mit ihr angestellt hatte, aber in ihrer Fantasie war es nicht ihr Ex-Freund, sondern James Dean, der sie anfasste und ihr – ganz Mann, der er war – zu Diensten war. Ihr Körper und vor allem ihre Beine waren stark angespannt. Alexandras Erregung wuchs weiter an und die anfänglich kreisenden Bewegungen wurden nun durch reibende Bewegungen ersetzt. Ihre Atmung beschleunigte sich, als sie die Intensität sowie Geschwindigkeit ihres Zeige- und Mittelfingers steigerte. Alex' Lust stand kurz vor dem Höhepunkt, sie führte drei Finger ihrer freien Hand in ihre Vagina ein, um es sich gleichzeitig klitoral und vaginal zu besorgen. Eine Woge der Lust, die sich wie ein heißes Kribbeln über den gesamten Körper ausbreitete, überkam Alexandra, und ihr gesamter Körper begann unkontrolliert zu zittern, pulsieren und beben. Alles um sie herum löste sich auf, als diese unbeschreibliche Welle über ihr zusammenschlug und sie sich ihr vollkommen hingab. Selbst ihre lauten Lustschreie, die irgendwie an Urlaute erinnerten, nahm Alex im Rausch ihrer Ekstase nicht wahr. Zutiefst befriedigt ließ sie ihren verschwitzten Körper auf die Couch sinken und japste gierig nach Luft. Der überwältigende Höhepunkt hatte sie fast vergessen lassen zu atmen. Der Orgasmus war so intensiv gewesen, dass es sich gleichzeitig wahnsinnig gut, aber auch schmerzhaft anfühlte. Paradoxerweise hatte Alex gleichzeitig mehr gewollt, aber auch, dass es endlich aufhörte.

Kurt kam zu ihr und sprang auf das hellbraune Sofa. Offenbar konnte er die Ausrufe der Lust nicht eindeutig zuordnen, beziehungsweise nicht von Angst- oder Schmerzensschreien differenzieren. Er schmiegte sich an sie und beide zeigten sich durch Kuscheln, wie gern sie sich hatten.

Alexandra erkannte, dass all ihre angestaute Traurigkeit, der Frust sowie auch der Stress durch den Orgasmus vorerst aus ihrem Körper und ihrer Seele vertrieben worden waren. Sie musste ein albernes Lachen unterdrücken, als sie sich vornahm, dass sie noch vor der Suche nach einem neuen Job im Internet recherchieren wollte, welches summende Spielzeug passend für sie sein könnte. Mit einem zufriedenen Lächeln im Gesicht wurde ihr bewusst, dass sie im Augenblick zu erschlagen war, um sich Gedanken um Vergangenheit, Gegenwart und Zukunft zu machen.

Als sie es später schaffte, ihren inneren Schweinehund zu überwinden, erhob sie sich und gönnte sich eine heiße Dusche. Anschließend schlüpfte sie in ihren luftigen Pyjama und bereitete sich einen mediterranen Salat mit Walnüssen zu. Nachdem sie ihren Hund noch mal an bereits markierter Stelle pinkeln lassen hatte, schaltete sie das Fernsehgerät an und ließ sich vom unspektakulären sowie eintönigen Programm berieseln. Irgendwann fühlten sich ihre Augenlider schwach an und schienen mit jedem Wimpernschlag schwerer zu werden.

***

Stakkatohaftes Hupen riss Alex aus dem Schlaf. Kurt stand bereits am Fenster mit Blick zum Eingangsbereich und knurrte bedrohlich. Noch schlaftrunken ging sie zu ihm. Ihr Herz schlug ihr bis zum Hals und ihr Puls begann zu rasen, als sie erkannte, wer für diese nervtötende Geräuschkulisse verantwortlich war.

An einem schwarzen Wagen, mit dem weißen Frontaufkleber ›187‹, standen drei junge Männer und ein Mädchen. Im Licht, das der Bewegungsmelder der Außenanlage ausgelöst hatte, sowie den Scheinwerfern des Autos waren die vier Jugendlichen, von denen jeder eine Flasche Bier in der Hand hielt, gut zu erkennen.

Als sie erkannten, dass Alexandra am Fenster stand und zu ihnen blickte, verstummte das Hupen und Hendryk ergriff das Wort: »Hey, Schönheit, mach ma' die Tür auf. Wir ham auch Bier mitgebracht!«

»*Little Pig, little Pig, let me in*«, grölte Hannes, der große Kerl, der zwischen Hendryk und dem Mädchen stand und imitierte den Song von Green Jelly.

Alexandra schaute auf die altmodische Kuckucksuhr an der Wand. Es war kurz vor zehn. Einen Augenblick dachte sie darüber nach, die Nummer von Herrn Reuter zu wählen, aber der befand sich wahrscheinlich bereits im Tiefschlaf. Außerdem hatte dieses Pack vor ihm wahrscheinlich noch weniger Respekt als vor ihr. Was hatten die hier zu suchen? Heute Nachmittag hatten sie ihr eine Scheißangst eingejagt. War es einfach nur aus Langeweile, oder gab es ihnen einen Kick, sie so zu erschrecken?

Alexandra atmete tief durch und rief sich selbst zur Besinnung. Sie würde vor diesen Jungspunden nicht kuschen. Sie durfte nicht zulassen, dass sie eine solche Macht über sie besaßen. Diese Clique, bestehend aus Halbstarken, hatte nicht das Recht, ihr einen solchen Schrecken einzujagen. Alex fasste neuen Mut – sie hatte ein für alle Mal die Schnauze voll von diesen unverschämten Jugendlichen.

»Ha!«, sagte sie zu ihrem treuen Begleiter. »Diesen Kids werden wir Paroli bieten!« Alex öffnete die Eingangstür, die Leine des laut kläffenden Hundes fest um ihre rechte Hand gewickelt. »Ihr Landwirtschaftsgangster verpisst euch auf der Stelle von hier oder ich rufe die Polizei!« Ihre Wut ließ sie ihre Angst vergessen – ihre Stimme war nicht brüchig, sondern kraftvoll. Als Beweis hielt sie ihr Handy mit ihrer linken Hand hoch.

»Buuuh«, rief Hannes. »Jetzt haben wir aber Angst.«

»Alles cool. Wir wollten dich nur auf ’n Bier einladen. Kein Grund überzureagieren«, meinte Hendryk.

Seine Freundin gab einen abfälligen Kommentar ab, doch Alexandra konnte sie nicht genau verstehen, aber sie glaubte so etwas wie »Siehste, die eingebildete Stadtfotze hält sich für was Besseres« vernommen zu haben. Nur der Vierte im Bunde, der auch jetzt wieder eine auffällige Distanz zu den anderen hielt, blieb stumm. Alex war sich nicht sicher, aber war das ein Veilchen unter seinem linken Auge?

»Ich will euer Bier nicht! Und du«, Alex nickte in Hendryks Richtung, »hast heute meinen Hund mit einem Messer bedroht. Wir werden in diesem Leben keine Freunde mehr. Mit keinem von euch will ich auf Freundschaft anstoßen. Ihr seht jetzt zu, dass ihr Land gewinnt. Ich will euch hier nie wieder sehen!«

Die Atmosphäre war nun angespannt. Keiner aus der kleinen Gruppe sagte auch nur ein Wort, sie schauten alle zu Hendryk, der nachdenklich auf seiner Unterlippe kaute und dann ein wenig authentisches Lächeln aufsetzte.

»Meine Fresse, bist du nachtragend. Komm mal runter, wir wollten uns für unser Verhalten am Nachmittag entschuldigen.«

»Yeah, und die Lady auf ’nen Drink einladen. *’nuff*

*said*«, setzte Hannes obendrauf.

»Wie gesagt, kein Interesse an Drinks, und noch viel weniger an Kontakt.«

»Verstehe. Ist schon gut, wir ziehen ab«, befahl Hendryk. Die Jugendlichen stiegen ins Auto, Hendryk hielt jedoch inne.

»Ach, eine Frage noch …« Sein künstliches Lächeln hatte nun etwas zutiefst Boshaftes, als er Alex direkt in die Augen blickte. »Ist dein Freund immer noch einkaufen?«

***

Hannes boxte seinem Bruder Mikey mehrfach grundlos auf die Schulter. Beide saßen auf dem Rücksitz des tiefergelegten 3er BMWs mit lautem Sportauspuff und Chromfelgen.

Hendryk, dem das Auto gehörte, war Fahrer und neben ihm saß Melanie, seine Freundin.

Sie spürte, dass er mehr als gereizt war. Er war voll aggro, und sie wusste, dass er gefährlich werden konnte, wenn er in einer solchen Laune war. Sie versuchte ihn auf andere Gedanken zu bringen und flüsterte ihm ins Ohr: »Komm schon, vergiss die Bitch. Die is' es doch nicht wert.« Melanie fasste ihren Freund in den Schritt. »Entspann dich. Ich blas dir deinen Schwanz, wenn du willst.«

Grob nahm Hendryk ihre Hand weg. »Fass mich nicht an, Fotze!«, fuhr er sie an. Er sah sie mit eiskaltem Blick an und Melanie nahm sich zurück – mehr verängstigt als eingeschnappt.

Mike, der die Situation von der Rückbank aus beobachtet hatte, versuchte Hendryk zu beschwichtigen.

»Lohnt sich nicht, sich die Finger an der schmutzig zu machen.«

Auch Hannes gab jetzt seine Meinung kund. »Bei so einer heißen City-Bitch haben so Dorfkinder wie wir keine Chance!«

Mit quietschenden Reifen bremste der schwarze BMW abrupt ab. Hendryk drehte sich zu seinen nicht angeschnallten Mitfahrern um.

»Ihr haltet jetzt alle eure verdammte Fressen! Ich hab euch nicht um eure bescheidenen Meinungen gebeten.«

Keiner sagte mehr einen Ton. Sie kannten Hendryk und wussten, wozu er fähig war. Damit meinten sie nicht mal die Dinge, wofür ein Richter ihn verknackt hatte, sondern die vielen, für die er nie zur Rechenschaft gezogen wurde.

»Ich lass mich nicht von oben herab behandeln. Von niemandem!«

Keiner gab mehr einen Mucks von sich. Hendryk startete den Wagen und fuhr weiter.

»Ich würd am liebsten zu ihr reinmarschieren und aus dieser eingebildeten Stadtschlampe 'ne Frau machen.« Hendryk grinste, während er sich eine Kippe anzündete und anschließend ein weiteres Bier öffnete.

# KAPITEL 6

*Allein zu sein!*
*Drei Worte, leicht zu sagen,*
*und doch so schwer,*
*so endlos schwer zu tragen.*
Adelbert von Chamisso

Als die Tür ins Schloss fiel, ließ Alex sich mit dem Rücken dagegen fallen und rutschte langsam zu Boden. Ihre coole Fassade sank gemeinsam mit ihr. Sie ging in die Hocke, stützte ihre Arme auf den Oberschenkeln ab und massierte ihre Schläfen. Ihre Lippen begannen zu zittern und sie dachte: *Du wirst jetzt nicht losheulen!* Doch es war bereits zu spät. Warme Tränen liefen über ihr Gesicht.

Nach dem ersten Schreck kamen ihr beängstigende Gedanken. Was, wenn die Jugendlichen sie nochmals besuchten? Vielleicht sogar noch diese Nacht? Nicht auszudenken, wenn sie in die Ferienwohnung einbrachen. Ehe die Polizei hier draußen eintreffen würde, könnte was Schlimmes passiert sein. Sie ermahnte sich eindringlich, es sich nicht weiter auszumalen, doch der Teil, der sich jetzt so richtig in alles hineinsteigerte, behielt die Oberhand. Plötzlich fühlte sie sich wie benommen, ihre Knie wurden weich, ihr gesamter Körper begann zu zittern und sie hatte das Gefühl, als würde ihr Herz unregelmäßig schlagen. Ihr Mund war wie ausgetrocknet, so als hätte sie den gesamten Tag noch nichts getrunken und im Hals ein Engegefühl. Sie hatte Hitzewallungen, ihr brach der Schweiß aus, als sie mit kraftloser Stimme nach ihrem Hund rief, der nun – einem Wachsoldaten gleich – wieder am Fenster stand und sich vergewisserte, dass das Auto mit den bösen Menschen nicht zurückkam.

Nachdem die Stimme seines Frauchens erklang, eilte er zu Alexandra. Sie umarmte ihn, drückte ihn ganz fest an sich und atmete den Geruch des Hundefells ein. Es roch nach Kurt, denn wie jeder Mensch, hatte auch er seine individuelle Marke. Der Duft hatte eine beruhigende Wirkung auf Alexandra, ähnlich einer über Nase und Mund gestülpten Tüte bei einer Hyperventilation, so schaffte sie es, dieser Panikattacke zu entgehen.

Als ihre körperlichen Symptome verschwunden waren, überlegte sie sich, ihre Zelte abzubrechen. Ihrem Vermieter könnte sie den Schlüssel in den Briefkasten werfen und die Situation später telefonisch erklären. Diese Nacht würde sie erst mal einige Stunden fahren und falls sie zu müde wurde, würden Kurt und sie eben ein paar Stunden im Auto schlafen. Hauptsache sie waren weg von hier. Letztlich schlief sie einige Zeit später ihren Hund eng umschlingend sowie das Mobiltelefon in der freien Hand haltend in ihrem Bett ein. Der Schlaf war – wenig überraschend –, eher unruhiger Natur und am nächsten Morgen fühlte sie sich gerädert, so als hätte sie sich gar nicht erholt. Die Helligkeit des Tages hatte jedoch etwas Besänftigendes. All die bedrohlichen Vorstellungen sowie furchteinflößenden Filme, die sich in ihrem Kopf abgespielt hatten, schienen auf einmal unendlich weit weg. Waren es nicht lediglich testosterongesteuerte Halbstarke, die sich profilieren wollten und deshalb dieses pubertäre Balzverhalten zeigten? In dieser Umgebung gab es wahrscheinlich nicht allzu viele Mädchen oder junge Frauen. Vermutlich hatten sie außerdem mehr Bier in der Blutbahn, als ihnen guttat.

Auch wenn Alex nun relativierte, so ganz konnte sie ihre Zweifel nicht abschütteln, denn der Gedanke an das erschreckende Szenario am Vortag, als der Anführer mit dem Teppichmesser vor ihr und Kurt gestanden hatte, jagte einen Schauer über ihren Rücken. Da war so etwas Erschreckendes in seinem Blick gewesen, eine durchdringende Kälte, die Alexandra als Entschlossenheit gewertet hatte.

Alex machte sich einen Plan für heute. Zuerst würde sie sich frisch machen und umziehen, dann mit Kurt vor die Tür gehen und anschließend in einer der Ortschaften einen Bäcker aufsuchen. Der Gedanke an frische Brötchen machte ihr so großen Appetit, dass ihr Magen zu rumoren begann. Wenn sie schon mal unterwegs war, würde sie in einem Abwasch auch ihre Vorräte auffüllen und frische Lebensmittel einkaufen. Nach einem ausgiebigen und nahrhaften Frühstück würde sie mit ihrem Vierbeiner eine Tour durch die Wälder machen.

Für den Nachmittag nahm sie sich vor, den Laptop hochzufahren und ihre Bewerbungsunterlagen auf den neuesten Stand zu bringen. Schon jetzt zweifelte sie, dass ihre Motivation nicht ausreichen würde und sie stattdessen in Steinbecks fesselndem wie epischem Familiendrama lesen würde. Abends würde sie sich etwas Leckeres kochen und sich dem Müßiggang widmen. Spontan hatte sie Lust auf eine Süßkartoffel-Rosenkohl-Pfanne. Sie fragte sich, ob es in den Supermärkten schon Rosenkohl gab, da dieser hauptsächlich in den Herbst- und Wintermonaten geerntet wurde.

Alexandra musste laut auflachen, als eine *Duftwolke* von ihrem Rüden aufstieg. »Na warte, mein kleines Stinktier. Heute Nacht bist du meinen Aromen ausgeliefert!« Sie dachte amüsiert an eine der vielen kleinen

Weisheiten ihres Vaters: *»Kohl tut Därmen wohl«*.

Nach der etwa zehn Kilometer langen Fahrt in den nächsten Ort fand Alexandra einen Bäcker und einen Lebensmittelladen einer großen Unternehmenskette vor. Das Geschäft war nicht einmal annähernd halb so groß wie die städtischen Pendants und sie kam nicht umhin, sich zu fragen, ob es sich um einen Familienbetrieb handelte und ob in dem angrenzenden Haus die Besitzer wohnten. Nachdem sie Kurt draußen angebunden hatte, wurde sie im Ladeninneren von der Verkäuferin freundlich begrüßt – es herrschte insgesamt eine familiäre Atmosphäre. Die wenigen Einkäufer, allesamt ältere Damen, sprachen miteinander und vermittelten den Eindruck, als würden sie sich schon ewig kennen. Den Gesprächen selbst konnte Alexandra nur schwer folgen, da sie den stark ausgeprägten Dialekt nur bedingt verstand.

»Guten Morgen, Frau Wagner«, erklang es plötzlich hinter ihr. Als sie sich überrascht umdrehte, sah sie Herrn Reuter, ihren Vermieter, in weiblicher Begleitung.

»Entschuldigen Sie, falls ich Sie erschreckt habe.«

»Ach, kein Problem. Ich war in Gedanken.«

Herr Reuter nickte und legte eine Hand auf die Schulter der Frau neben ihm. »Darf ich Ihnen meine bezaubernde Frau Brunhilde vorstellen?«

Die ebenfalls hochbetagte Dame war klein und ziemlich untersetzt. Alexandra reichte ihr eine Hand und stellte sich vor.

»Lassen Sie sich vom Süßholzraspeln und den vielen Worten meines Mannes nicht beirren, Frau Wagner. Er war Verkäufer. Leider hat er diese nervigen Eigenarten auch nach der Aufgabe seines Berufes nicht abgelegt.«

Optisch wirkten Frau Reuters Gesichtszüge unfreundlich, obwohl sie es in Wirklichkeit gar nicht war. Jedenfalls nicht zu ihr – an ihrem Mann hingegen ließ sie kein gutes Haar, obwohl Alexandra meinte, hin und wieder eine Art neckischen Humors herauszuhören. Der alte Herr zwinkerte Alex zu, als seine Gattin ihn vorführte. Alexandra musste schmunzeln.

Nach einer kurzen Unterhaltung verabschiedete sich Frau Reuter mit den Worten: »Dann werde ich mal meinen Einkaufszettel abarbeiten. Frau Wagner, ich wünsche Ihnen alles Gute und einen erholsamen Aufenthalt.«

Ihr Gatte blieb jedoch noch neben ihr stehen und sie nutzte die Gelegenheit, um sich bei ihm über die Jugendlichen zu erkundigen.

»Oh, ich weiß genau welche vier Herrschaften Sie meinen, schließlich sind wir hier auf dem Dorf. Hier läuft man sich ständig über den Weg. Ob man will oder nicht. Selbst wir treffen uns hier heute Morgen beim Einkaufen.«

Alexandra nickte und ließ dem ausufernden Gesprächsfluss ihres Vermieters freien Lauf.

»Ich kenne die Kinder, sowie ich auch ihre Eltern kenne. Was soll ich sagen? Wahrscheinlich klinge ich jetzt altklug und wie mein eigener Vater.« Er lachte kurz heiser auf. »Er sagte immer, der Apfel fällt nicht weit vom Stamm. Ich glaube nicht, dass Menschen gut oder schlecht geboren werden. Es gibt immer Gründe, warum Menschen so sind wie sie sind. Wir Alten haben solche Halbstarken *Streuner* genannt. So ist …«

Jäh wurde er unterbrochen. »Paul, quatsch keine Opern! Du hältst die junge Frau nur auf!«, rief seine Frau ihm zu. Es war erstaunlich, was sie in der kurzen Zeit bereits in ihren Einkaufskorb gefüllt hatte.

»Ist schon gut, Frau Reuter. Um ehrlich zu sein, war ich es, die Ihren Mann aufgehalten hat«, gab Alexandra wahrheitsgemäß an.

»Sie müssen ihn nicht in Schutz nehmen. Das ganze Dorf weiß, dass er sich nicht kurzhalten kann«, kam prompt zurück und ließ nicht den geringsten Zweifel daran, wer in der Ehe die Hosen anhatte.

»Da hören Sie es. Das ganze Dorf« flüsterte er zu ihr. Dabei lächelte er verschmitzt und zwinkerte ihr spitzbübisch zu.

»Eine letzte Frage noch. Sind Sie der Meinung, dass die Jugendlichen kriminell sind?«

»Fragen Sie mal Martha, das ist die Frau hinter der Wurst- und Käsetheke. Sie hat die Bande mal hier rausgeworfen, weil sie geklaut haben, nicht wahr?« Er hatte so laut gesprochen, dass die stämmige Frau mittleren Alters es nicht ignorieren konnte.

»Oh ja, die haben hier Alkohol und Zigaretten mitgehen lassen. Als Reaktion habe ich ihnen Hausverbot ausgesprochen und ihre Eltern informiert«, erzählte die dicke Frau, mit den streng zurückgekämmten Haaren, die zu einem Zopf zusammengebunden waren.

»Ansonsten gab es keinen Ärger?«, erkundigte sich Alex' Vermieter weiter bei Martha.

»Nein, natürlich nicht. Wieso fragst du? Haben sie was ausgefressen?«

Jetzt fühlte Alexandra sich in der Pflicht, zu antworten.

»Nein! Nein, also nicht, dass ich wüsste.« Der ältere Herr und auch die Verkäuferin nickten einstimmig.

»Lassen wir die Kirche im Dorf. Es waren Jugendsünden«, war das Letzte, das die Frau in der weißen Schürze beisteuerte, ehe sie sich wieder ihrer Arbeit widmete.

Herr Reuter warf ihr als Dankeschön einen Kussmund zu, der irgendwie charmant wirkte. Er wandte sich wieder an Alex. »Sie wollten von mir wissen, ob ich die Jungs für gefährlich halte? Nein, ich denke es sind nur perspektivlose und gelangweilte Jugendliche. Es tut mir leid, wenn sie Ihnen einen Schrecken eingejagt haben sollten.«

Alexandra hatte bis zu diesem Punkt Augenkontakt gehalten, nun blickte sie zu Boden, das schien dem älteren Herrn als Antwort zu genügen. »Ich hoffe, Sie denken jetzt nicht generell schlecht von uns Menschen auf dem Land. Ferner hoffe ich, dass Ihr Aufenthalt durch diesen Zwischenfall nicht getrübt wird.«

»Paul, wir haben schon abgerechnet. Jetzt komm endlich und behellige die junge Frau nicht weiter«, bestimmte seine Ehefrau von der Kasse aus.

»Es war nett, Sie wiederzusehen, Frau Wagner. Aber wie Sie vernommen haben, ruft mich meine bessere Hälfte. Wenn ich noch irgendwas für Sie tun kann, scheuen Sie sich nicht und wählen meine Nummer.«

Alexandra verabschiedete sich ebenfalls und bedankte sich für das Gespräch sowie das freundliche Angebot. Nachdem ihre Vermieter den Laden verlassen hatten, widmete sich Alexandra ihrem Einkauf. Sie war sich selbst nicht im Klaren darüber, woran es genau lag, aber sie fühlte sich erleichtert. Vielleicht lag es daran, dass sie ihre Sorgen ausgesprochen hatte oder andere Menschen die vermeintliche Bedrohung entschärften. Was auch immer dafür verantwortlich war, es war, als sei ihr eine unsichtbare Last von den Schultern genommen worden. Zu ihrem eigenen Erstaunen stellte Alexandra fest, dass sie seit dem gestrigen Vorfall keinen einzigen Gedanken mehr an Philipp oder Simone verschwendet hatte. Spätestens durch diese Erkenntnis, hatte sich ihre Laune rapide gebessert.

***

Zurück in ihrem Urlaubsdomizil, verstaute sie ihre Einkäufe, zog sich ihre Funktionskleidung an und schnappte sich ihren Rucksack, den es noch zu packen galt. Aufgrund der Vorfreude fiel es dem Rüden schwer, stillzuhalten, als Alex ihm das Hundegeschirr anlegte.

Beim gemeinsamen Durchstreifen der Wälder trafen die beiden heute lediglich einen Wanderer und einen weiteren Hundebesitzer. Zu unangenehmen Begebenheiten kam es nicht, höchstens, wenn Kurt mal zu offensiv einem Schmetterling hinterherjagte oder dem Rascheln im Gebüsch folgte, doch das war dem genetisch bedingten Jagdtrieb des Tieres geschuldet, und solange es ihrem Vierbeiner Glücksgefühle bescherte, ließ Alexandra ihn gewähren.

Frei von Gedanken konnte sie sich an der ästhetischen Vielfalt des Waldes erfreuen, an dem Zwitschern der Vögel, an der abwechslungsreichen sowie vielfältigen Landschaft mit vereinzelten Aussichtspunkten, die bei der günstigen Wetterlage eine herrliche Fernsicht über die dichten Baumkronen, aber auch auf die majestätisch anmutenden Felsen bot, an den kleinen Bächen sowie den grünen Wiesen und Feldern.

Nach dem Ausflug kehrten Mensch und Tier k. o. und hungrig zugleich zur Ferienwohnung zurück. Kurt sprang an der Wohnungstür hoch, kratzte mit seinen Pfoten daran und begann zu knurren. Alexandra war irritiert über das seltsame und unbekannte Verhalten ihres Hundes. Sie drückte ihn beiseite. »Ist ja gut, mein Bester. Bist du so hungrig? Du erhältst jetzt erst mal ein feines Fressen.« Dann schloss sie die Tür auf und ging mit dem Rücken ihrem Hund zugewandt hinein. Während Kurts Knurren in ein lautstarkes Gebell überging, weiteten sich Alexandras Augen vor Panik, und sie hatte nur noch einen Gedanken: Flucht.

Doch dafür war es zu spät.

# AKT II - MARTYRIUM

*Es ist besser,*
*Unrecht zu erleiden, als es zu tun.*
Marcus Tullius Cicero

# KAPITEL 7

*Es gehört Mut dazu,*
*sich seiner Angst zu stellen*
*und sie auszuhalten.*
Hoimar von Ditfurth

Der Kerl, der gestern Kurt bedroht hatte, stand in ihrer Wohnung. Für eine Sekunde verharrte Alexandra an Ort und Stelle. Erst als Adrenalin ihre Blutbahn flutete und ihren Körper in Alarmzustand versetzte, löste sie sich aus der Schreckstarre.

Ihr Versuch, durch die Eingangstür zu entkommen, scheiterte, als Hendryk sie brutal an ihren langen brünetten Haaren zurückriss und durch die Unterkunft schleuderte.

In dem Moment stürzte Kurt sich auf den Eindringling – treu und entschlossen, sein Frauchen um jeden Preis zu beschützen. Mann und Tier gingen dabei zu Boden. Hendryks Kappe wirbelte durch den Raum. Schützend hielt Hendryk seine Hände vor seinen Hals sowie das Gesicht, doch der aufgebrachte Rüde biss in dessen rechten Unterarm hinein, was umgehend mit einem lauten Schrei des Invasors quittiert wurde. Durch den Schmerz öffnete sich Hendryks rechte Hand, und ein schwarzer Gegenstand fiel neben die miteinander Kämpfenden zu Boden.

*Das Teppichmesser mit dem schwarzen Griff!* Alex erkannte es sofort wieder. So schnell es ihr möglich war, rappelte sie sich auf und versuchte das Cuttermesser zu erreichen, solange Kurt die Oberhand behielt und Hendryk, der unter dem Tier tobte, in Schach hielt. Ehe Alex jedoch nach dem Messer greifen konnte, rollte Hendryk sich mitsamt des gut zwanzig Kilo schweren Hundes zur Seite, sodass er nun auf dem Tier lag und sich die Klinge unter Kurt befand.

Unbeeindruckt von Alexandras Stiefeltritten, die ihn in Rücken und Flanke trafen, verlagerte Hendryk sein Gewicht auf den Arm, in den das Tier sich festgebissen hatte. Auf einmal erklang ein Knacken und Hendryk rollte sich von dem Tier herunter. Sein Arm war nicht länger durch Kurts Biss fixiert.

Während Alexandra einen schrillen Schrei ausstieß, sprang der Vierbeiner auf und lief wimmernd zu ihr. Ein solches Winseln und Jaulen hatte Alex von ihrem geliebten Hund noch nie gehört. Tränen schossen ihr in die Augen und Wut kochte ihn ihr hoch wie ein Vulkan kurz vor dem Ausbruch.

*Dieses Dreckschwein hat ihm den Kiefer gebrochen!,* schoss es ihr durch den Sinn, als sie sah, wie der betroffene Unterkiefer schlapp herunterhing. Der deformierte Anblick ihres geliebten Hundes brach Alex das Herz. Ihr kam alles so unwirklich vor – dieser Albtraum konnte nicht real sein. Dieses so innig geliebte Lebewesen, das ihr in schweren Lebenslagen nicht nur beigestanden hatte, sondern maßgeblich am Überstehen ihrer Krisen beteiligt war, so entstellt zu sehen, trieb ihr die Tränen in die Augen.

»Deinen nutzlosen Scheißköter werde ich ausweiden!«, spie der kahl rasierte Hendryk, der nun wieder stand und seinen blutigen Arm inspizierte. Das Messer hielt er in seiner linken Hand. Seine Augen waren zu zwei Schlitzen zusammengezogen, in ihnen blitzte die reinste Mordlust auf.

Alexandra sah zu ihrem versehrten Hund und abgrundtiefer Hass stieg in ihr auf. Es war ihr völlig gleich, ob es ein Kampf zwischen David und Goliath werden würde. Angestachelt von unbändiger Wut lief sie ohne Rücksicht auf Verluste auf ihren Widersacher zu, um ihn irgendwie zu schädigen.

Durch seine physische Überlegenheit stoppte Hendryk den von Emotionen geprägten Angriff. Er hatte lediglich einige Kratzspuren auf seiner Wange verursacht. Mit der geschlossenen Faust schlug er Alex erst ins Gesicht, dann schubste er sie grob gegen den Küchentisch, wobei ihr die Ecke des Tisches schmerzhaft in die linke Hüfte stieß.

Sie ging getroffen zu Boden und der neu entfachte Mut verschwand ebenso so rasch wieder, wie er gekommen war. Trotz des verunstalteten Kiefers und die dadurch resultierenden unüberhörbaren Schmerzen, setzte Kurt überraschend aufs Neue zum Sprung an, um den Eindringling einmal mehr anzugreifen.

Die beginnende Attacke konnte der Glatzkopf jedoch sofort abwehren, indem er auf den Hund zueilte und ihm einen gezielten Tritt auf die Schnauze verpasste.

Getroffen und begleitet von einem jämmerlichen Jaulen ging Kurt zu Boden. Blut tropfte ihm aus der Nase und ein Fangzahn aus der oberen Zahnreihe war abgebrochen.

Jetzt war es Hendryk, der sich auf Kurt stürzte und ihm die Klinge in die Seite rammte, ehe der die Flucht antreten konnte.

Die Klagelaute des Tieres, die Alexandra an das Weinen eines neugeborenen Kindes erinnerten, trafen Alexandra tief in ihrer Seele. Am allerschlimmsten empfand sie jedoch den todtraurigen und gleichsam hilflosen Blick von Kurt.

In den Augen des Hundes erkannte Alexandra noch

mehr: etwas, was ihr durch Mark und Bein ging, denn für sie besagte es: *›Unternimm gefälligst was! Der Kerl bringt mich um!‹*

Alexandra warf sich schützend vor ihren Hund, der sich daraufhin auf den Rücken drehte und signalisierte, dass er aufgab. Sie warf einen flüchtigen Blick auf seine Verletzung, aber offenbar war die Wunde nicht lebensbedrohlich, da die Klinge zu kurz war, um innere Organe verletzen zu können. Alexandra merkte, dass sie Hendryk körperlich nicht gewachsen war.

»Schluss jetzt!«, forderte sie vehement.

»Weg da, Bitch! Um dich kümmre ich mich später!« Hendryks Tonfall war hasserfüllt und ließ keinen Zweifel daran, dass er seinen Worten Taten folgen lassen würde.

In diesem Augenblick verschwendete Alexandra jedoch keine Sekunde an ihr eigenes Wohlergehen, sondern hatte nur das Überleben von Kurt im Sinn.

»Bitte, lass uns damit aufhören! Noch ist niemand ernsthaft zu Schaden gekommen.«

Ein spöttisches Lachen war die Reaktion, als sie an Hendryks Vernunft appellierte.

»Geh einfach und ich verspreche dir, dass ich niemandem erzähle, dass du hier warst.« Ein nächster verzweifelter Versuch, um weiteren Schaden zu vermeiden.

»Hättest besser mal dein arrogantes Maul gehalten, dann würdest jetzt nicht in so ’ner verzwickten Lage stecken!« Er machte keinen Hehl aus seiner tiefen Verachtung.

»Es tut mir leid, ehrlich. Du kannst alles haben, aber bitte, bitte tu meinem Kurt nicht mehr weh.«

Als Hendryk den Namen des Tieres hörte, schnaubte er verächtlich. »Jetzt haste jedenfalls nicht mehr so ’n loses Mundwerk. Was willst du mir denn schon bieten?«, fragte er grinsend.

»Willst du Geld? Bargeld habe ich nicht viel hier. Aber in meinem Portemonnaie ist meine Bankkarte.«

Die Diskussion schien ihn zu amüsieren. »Dein Scheißgeld interessiert mich nicht. Ich will was anderes.«

»Was? Was willst du?« Ein kleiner Hoffnungsschimmer loderte in ihr auf.

»Ich will deinen Kläffer abmurksen!« Mit dieser schroffen Äußerung seines Wunsches machte der unerwünschte Gast jegliche aufkeimende Hoffnung wieder zunichte.

Alexandra flehte und bettelte ihn an, es nicht zu tun.

Offenbar erregte Hendryk die prekäre Situation, in der sie sich befand – davon zeugte jedenfalls die ausgeprägte Beule in seiner Hose. »Sieh dir meinen Arm an! Blutet wie Sau und ist verdammt schmerzhaft. Das muss sich 'n Arzt anschauen. Wahrscheinlich hat das Biest Tollwut oder so 'ne Seuche. Deine Kacktöle hat mich gebissen und dafür wird sie bezahlen!«

Zu argumentieren, dass das nur passiert ist, weil er hier widerrechtlich eingedrungen war, erschien Alexandra wenig zweckdienlich und würde die Situation zwischen ihnen keinen Deut verbessern.

Hendryk ging einen Schritt auf die zwei zu. Kurts wehklagende Laute gingen in den Versuch eines angriffslustigen Knurrens über, doch durch seinen körperlichen Zustand klang es eher erbärmlich als furchteinflößend. Alex schrie in ihrer Hilflosigkeit nach Leibeskräften. Ein pervertiertes Grinsen schlich sich in Hendryks Gesicht.

»Mir fällt gerade ein, wie du mich ein wenig besänftigen könntest …«

Alex wurde speiübel, als sie sah, wie er herausfordernd mit dem Messer über seinen Schritt rieb. Hatte dieses sadistische Schwein nur mit ihr gespielt und gezielt darauf hingearbeitet?

»Wenn du Flittchen mir den Schwanz lutschst, lasse ich deinen *Kurt* vielleicht am Leben.« Den Namen ihres Hundes betonte er dabei verächtlich.

Alex glaubte, herauszuhören, dass ein Hund für ihn nicht mehr wert war als ein Gegenstand.

Hendryk nestelte an seiner Clubwear Jogginghose und holte sein steifes Glied hervor.

Alex flüsterte in Richtung des stark lädierten Kurt, dass er sich beruhigen sollte und dass alles gut werden würde, auch wenn es in ihrem Innern ganz anders aussah.

Hendryk trat an sie heran, sein Penis war nur wenige Zentimeter von ihrem Gesicht entfernt. Ein leicht fischiger Geruch strömte ihr entgegen.

»Komm nicht auf dumme Gedanken, Bückstück. Denk dran, ich bin der Mann mit dem Messer.«

Und tatsächlich, als könnte er Gedanken lesen, hatte Alexandra kurz darüber nachgedacht, mit aller Kraft in Hendryks Pimmel zu beißen und gleichzeitig ihre Nägel tief in seinen Hodensack zu krallen. In Filmen schien diese Lösung so naheliegend, doch die Realität war eine gänzlich andere. Was würde geschehen, wenn ihn diese Aktion nicht handlungsunfähig machen würde? Das würde alles nur noch verschlimmern. Dann würde er Kurt und anschließend auch sie kaltmachen. Auch wenn Alexandra ihm kein bisschen vertraute, erkannte sie es als einzige Chance, dass der schwer verletzte Kurt diesen Tag überleben würde. Sie fragte sich, ob ein Blowjob von Anfang an Hendryks Ziel gewesen war. Dann bestand wenigstens eine kleine Möglichkeit und das war besser als gar nichts. Nachdem er seinen Spaß gehabt und ihr gezeigt hatte, was für ein harter Kerl er war, würde er vielleicht endlich Leine ziehen. Ein seltsamer Gedanke drängte sich ihr auf. Kurt hatte sich in absoluter Loyalität sofort selbstlos und entschlossen auf den Aggressor gestürzt. War sie es ihm nicht schuldig, dass sie alles Erdenkliche tat, um ihn zu retten?

»Sperr deine Maulfotze auf und zeig mal was du draufhast!« Er rieb sich bereits sichtlich erregt.

Alexandra versuchte sich einzureden, dass sie nur kurze Zeit seinen Schwanz bearbeiten musste. Wenn er seinen Samen verspritzt hatte, würde vielleicht auch sein Testosteronpegel sinken. Letztlich war es doch nur ein bedeutungsloses Stück Fleisch, um das viel zu viel Aufhebens gemacht wurde. Wahrscheinlich war er bereits so spitz, dass es ihm sehr schnell kam. Also nahm sie sein bestes Stück in die Hand und massierte es. Die andere Hand legte sie dabei auf Kurt und signalisierte ihm damit, dass er Ruhe bewahren sollte. *Alles wird gut*, waren ihre hoffnungsvollen Gedanken.

»Wusst' ichs doch, du Stadtfotze willst es doch auch!«

*Verärgere ihn nicht*, ermahnte sich Alex und verzichtete auf eine wahrheitsgemäße Antwort. Je angenehmer es für ihn war, desto schneller würde es für sie und ihren Hund vorbei sein. Mit geschlossenen Augen nahm sie seine Männlichkeit in den Mund. Hendryk reagierte mit einem lang gezogenen Stöhnen. Sein Penis schmeckte leicht salzig und die Hoden, die sie mit der Hand knetete, fühlten sich leicht ölig an, als wäre Hendryk kürzlich Joggen gewesen. Ätzende Galle schoss ihr die Speiseröhre hoch, doch sie hielt es für clever, es sich nicht anmerken zu lassen und sie unbemerkt wieder herunterzuschlucken. Seltsamerweise kam Alexandra in diesem Augenblick in den Sinn, dass dies der vierte Mann war, den sie in ihrem Leben oral befriedigte.

»Jetzt … riskierst du nicht … mehr so 'ne dicke Lippe, was?«, stotterte er abgehackt. »Kommst zu uns, wackelst mit … deinem süßen … kleinen Arsch und … lässt uns spüren, dass du … was Besseres bist. Hältst uns für Rednecks, für … verdammte Hinterwäldler. Ich kann … so eingebildete Kackbratzen … wie dich … nicht ausstehen! Und … sieh dich jetzt an! Du bläst mir einen und … ich wette, dass dich das ganz feucht macht.« Hendryks Atmung ging schneller. Er griff nach ihrem Kopf und drückte sein Geschlecht tief in ihren Mund, womit er abermals ihren Würgereflex strapazierte. Mit einem Ausruf der Lust ergoss er seinen Samen in ihren Mund.

Alexandra spürte die Klinge des Cuttermessers an ihrer Schläfe.

»Denk nicht mal dran, die Ficksoße auszuspucken. Du wirst alles schön brav schlucken!«

Es kostete Alexandra einiges an Überwindung, ihren Ekel zu bewältigen, sowie das sämige Ejakulat, das salzig und bitter zugleich schmeckte, in sich aufzunehmen ohne sich übergeben zu müssen. Wenn sie von Herzen liebte, schluckte sie gern und empfand keine Abscheu, aber das hatte nichts mit diesem erzwungenen Akt gemein. Sie ekelte sich zutiefst, doch der Gedanke, dass sie Kurt zu einem Tierarzt bringen konnte, ließ sie diese Erniedrigung überstehen.

»Gar nicht mal schlecht. Ausbaufähig, aber nicht übel«, gab der widerwärtige Prolet von sich, während er sein erschlaffendes Teil wieder zurück in die Hose steckte. Er ging zum Kühlschrank und nahm sich ein Radler heraus.

»Hast du kein richtiges Bier?«, fragte er mürrisch.

Alex verneinte und wünschte sich, dass sie den scheußlichen Geschmack seines Spermas auch mit einem Getränk herunterspülen könnte. Kurt hatte inzwischen einiges an Blut verloren, aber sie wusste, dass die Menge nicht lebensbedrohlich war. Sie hob den geschundenen Hund hoch und trug ihn wie ein schlafendes Kleinkind auf dem Arm.

Hendryk ließ sich derweil auf die gemütliche Couch fallen, legte seine Füße auf dem Holztisch ab, so, als sei er der Herr des Hauses.

»Wo gedenkt die feine Dame hinzugehen?«, wollte er wissen, als Alexandra mit ihrem Hund in Richtung Tür ging.

»Ich bringe Kurt zu einem Tierarzt.« Ihre Stimme hatte einiges an Stärke zurückgewonnen.

»Einen Scheiß wirst du! Leg deinen Wauwau ab und schwing deinen knackigen Arsch zu mir aufs Sofa!«

Alex ließ sich von diesen Worten nicht beeindrucken. »Kurt ist schwer verletzt. Er muss sofort behandelt werden.«

»Dein *Kurt* …«

Alexandra hasste es, wie er den Namen ihres Hundes aussprach.

»… interessiert mich einen Scheißdreck! Hältst du mich für ’n dämliches Landei? Wenn du hier rausmarschierst, wirst du sofort zu den Bullen gehn und wie ’n Vögelchen singen.«

»Ich verspreche dir hoch und heilig, dass ich das nicht tun werde.« In diesem Moment schenkte Alexandra ihren eigenen Worten Glauben. Doch was würde sie tun, wenn sie dieser gefährlichen Situation entkommen war und ihren vierbeinigen Partner versorgt wusste?

»Ich will einfach nur, dass Kurt schnellstmöglich medizinische Hilfe erhält.«

Hendryk sprang auf und stellte sich vor die beiden. Warmer Speichel regnete Alex ins Gesicht, als er sie anbrüllte. »Leg das verreckende Stück Dreck ab. Sofort!«

Ihre Hoffnung sank wieder. Es war so verdammt unfair! Sie hatte eine orale Vergewaltigung über sich ergehen lassen, um ihren vierbeinigen Partner medizinisch versorgen lassen zu können. Sie schrie ihn mit einer Mischung aus Wut und Verzweiflung an. »Wir hatten einen Deal! Ich habe gemacht, was du von mir verlangt hast und du lässt uns im Gegenzug in Ruhe!« Sie schaute Hendryk tief in die dunklen Augen.

Der Moment absoluter Stille wurde unterbrochen, als Hendryk aus vollem Halse lachte. »Du Fickfehler bist ja noch dümmer als du aussiehst. Ich hab gesagt, dass ich deine Töle *vielleicht* am Leben lasse.« Ein diabolisches Grinsen lag auf seinen Lippen, als plötzlich die Klinge aufblitzte und Hendryk das Messer mehrfach in den Leib des wimmernden Hundes stach.

So schnell wie es ihr mit Kurt auf dem Arm möglich war, drehte Alexandra sich Richtung Tür und wollte die Flucht ergreifen. Ein dumpfer Schlag traf sie auf den Hinterkopf und sie ging mit ihrem Hund zu Boden. Die letzte Erinnerung, ehe Hendryk ihr gegen den Kopf trat und ihr somit das Bewusstsein nahm, war, dass sie neben Kurt auf dem Fußboden aus Eichenholzdielen lag und sich beide tief in die Augen blickten. Hund und Mensch wussten, dass nun die Zeit des endgültigen Abschieds gekommen war. Diesen, nur einen kurzen Wimpernschlag dauernden Moment dominierte keine Traurigkeit, sondern die wohlige Wärme der tiefen Dankbarkeit für die unersetzliche Zeit miteinander. Alexandras Blick verschwamm, während Kurts glasige Augen langsam eintrübten.

# KAPITEL 8

*»Schmerz und Leiden haben einen Sinn« – sadistischer kann man Leidende nicht verhöhnen.*
Gerhard Kocher

Qualvoll öffnete Alexandra ihre Augen. Ein pulsender Schmerz zog ihr vom Schädel über das gesamte Gesicht, das durch den Schlag angeschwollen war. Auch ihre Hüfte, die mit der Tischkante Bekanntschaft gemacht hatte, bereitete ihr große Schmerzen. Sie lag auf dem Holzboden und war nicht in der Lage, ihre Hände und Beine zu bewegen. Ein Blick auf ihre Füße verriet ihr, dass diese mit weißen Kabelbindern zusammengeschnürt worden waren, genau wie ihre Hände. Das Plastik schnitt ihr an den Handgelenken ein, als sie vergeblich versuchte, sich aus ihren Fesseln zu lösen.

Alex erkannte, dass Hendryk alles geplant haben musste. Warum sonst hatte er Kabelbinder griffbereit? Sie suchte mit ihren Augen den Raum ab, doch sie konnte Kurt nirgendwo finden. Das musste sie auch nicht, um die bittere Wahrheit akzeptieren zu können. Die Blutflecke auf den Holzdielen sprachen eine eindeutige Sprache. *Der Dreckskerl hat meinen Hund umgebracht!* Der Hass wurde von einer Welle der Trauer überrollt. Nie wieder würde sie mit Kurt herumtollen, sein weiches Fell streicheln können, ausgedehnte Spaziergänge machen und allein durch seine Anwesenheit Vertrautheit und Geborgenheit erfahren. All das wurde ihr von dem Mann genommen, der es sich auf ihrer Couch gemütlich gemacht hatte und ins laufende Fernsehprogramm vertieft war.

Ein eisiges Gefühl der Einsamkeit beschlich sie und eine der vielen Stimmen in ihrem Kopf fragte sie, ob das Dasein ohne Kurt überhaupt noch lebenswert war. Der Verlust von Philipp oder Simone war nichts im Vergleich zu diesen überwältigenden Emotionen. Sie kannte diese tiefe Leere – diese seelische Grausamkeit hatte sie bereits am Sterbebett ihrer Mutter erfahren. Damals hatte sie gemeinsam mit ihrem Vater trauern können und die vielen befreienden Tränen hatten die seelischen Qualen gelindert. Doch jetzt kam nichts. Irgendetwas – die Ursache war für sie nicht greifbar – blockierte sie, und ihre Emotionen verdichteten sich zu einem Kloß im Hals. Dieses Engegefühl in der Kehle war für sie noch qualvoller als ihre physische Pein.

Sie hörte ein Fahrzeug in der Auffahrt und wurde jäh aus ihren Gedanken gerissen. Ihr Bauchgefühl verriet ihr, dass keine Rettung nahte, und es bestätigte sich, als sie dumpfe Hip-Hop-Klänge aus dem Inneren des Wagens vernahm.

»Du bist wach? Gut so«, murmelte Hendryk und ging an ihr vorbei und verschwand durch die Tür.

Alexandra bekam nur Wortfetzen des Dialogs vor der Ferienwohnung mit, konnte aber eindeutig heraushören, dass es sich um eine zweite männliche Person handelte. Der zweite Mann schien ziemlich aufgebracht. Kurz darauf standen beide vor ihr.

»Krass! Du hasts wirklich durchgezogen?« Es war Hannes, der größte der vier Jugendlichen. Hendryks Gesichtsausdruck besagte, dass er mächtig stolz auf seine unrühmliche Leistung war.

»Du bist hier eingebrochen, hast den Köter abgestochen und das eitle Perlhuhn in Ketten gelegt?«, resümierte Hannes.

Hendryk lachte über Hannes Zusammenfassung. »Das Prinzesschen hat sich jedenfalls nicht beschwert«, ergänzte er. Dabei knetete er anzüglich seine Körpermitte.

»*Holy Shit!* Hast du das Opfer gefickt?«, erkundigte sich Hannes und Hendryk nickte lässig.

Alexandra überlegte, ob sie dem Hünen mitteilen sollte, dass Hendryk sie vergewaltigt hatte und dass er schleunigst Hilfe holen sollte. Doch der gläserne Blick in Hannes' Augen sagte ihr, dass es sinnlos wäre und dass es für sie von nun an noch viel schlimmer werden würde.

»Ich will auch mal ran!« Hannes Stimme klang eine Nuance höher und Alex erkannte, dass ihre schlimmste Befürchtung zutraf. Er würde ihr nicht helfen, ihn machte diese ausweglose Situation ebenso geil wie seinen Freund. Hendryk ging zur Couch, nahm das Teppichmesser und warf es Hannes zu, der es gekonnt auffing. Mit einem verdutzten Gesichtsausdruck wendete er sich an Hendryk.

»Scheiße, was soll ich denn damit?«

»Du Spast!« Hendryk schüttelte den Kopf. »Du schneidest ihr das Shirt und den BH vom Leib. Musst doch mal nachschauen, ob dein Pimp dir auch gute Qualität geliefert hat.«

Alexandra drehte sich der Magen um. Jetzt spielte sich Hendryk auch noch als Zuhälter auf. Das konnten die beiden doch unmöglich ernst meinen! Sichtbar erregt beugte sich Hannes mit dem Messer in der Hand zu ihr herunter.

Sie rollte sich unter starken Schmerzen auf ihren Bauch und brüllte: »Nicht! Bleib mir bloß mit dem Ding weg!« Doch ihre Warnung brachte ihr nur einen Tritt des Anführers in die Rippen ein, der das Szenario zu allem

Überfluss auch noch mit seinem Handy filmte.

»Wenn du dich noch einmal auf den Bauch drehst, Schlampe, dann schwöre ich dir, dass ich dir meinen Namen ins Fleisch ritze!« Mit seinem Fuß versetzte er ihr einen weiteren harten Stoß. Hannes drehte sie zurück auf den Rücken.

Alexandra hatte sich in ihrem Leben noch nie so hilflos gefühlt, während die Klinge den Stoff zerschnitt und die beiden Jugendlichen laut raunten, als sie ihre Brüste sahen.

»Alter, sind das geile Titten, oder was?« Hannes leckte sich über seine Lippen.

»Sind okay, könnten etwas größer sein.«

Ihre Nippel waren steif, ob die Kälte oder die entsetzliche Angst, die sie empfand, dafür verantwortlich war, konnte Alexandra nicht mit Bestimmtheit sagen.

»Bro, die Bitch ist *horny*!«, fiel Hannes' Auffassung der harten Brustwarzen aus und er strich mit der scharfen Cutterklinge darüber. Mit der anderen Hand knetete er ihre linke Brust und kniff plötzlich fest hinein.

Alexandra stöhnte unter dem unangenehmen Schmerz laut auf.

»Da kannst es hören, wie scharf das Miststück wird«, kommentierte Hendryk. »Die Fotze will deine Sahne. Wichs deine Rute auf ihr ab.«

Hannes entledigte sich seiner weiß-schwarzen Trainingshose und Alexandra flehte ihn an, dass er das nicht tun müsse. Doch sie erkannte, dass er nur noch triebgesteuert reagierte und das Blut, das eigentlich sein Gehirn versorgen sollte, in tiefer gelegene Körperregionen geflossen war. Hannes leckte an ihren Brüsten, saugte daran und biss sogar hinein. Alex wand sich unter ihm und brüllte nach Leibeskräften.

»Halt mal!« Hendryk reichte seinem Kumpel das

Smartphone, dann setzte er sich auf Alex' Oberkörper und schlug sie ein weiteres Mal so hart ins Gesicht, dass sie grelle Lichtblitze vor ihren Augen tanzen sah.

»Du Furie hältst dein verdammtes Maul, sonst werde ich dir Wunden zufügen, mit denen du nicht mehr davonkommst!«

Seine Schläge ließen sie nicht an seiner Drohung zweifeln. Mittlerweile war sie sich nicht mal mehr sicher, ob sie diese Tortur überhaupt überleben würde.

Hendryks grobe Vorgehensweise zeigte Wirkung und ihr Körper verfiel in eine Art Starre.

Hannes kniete sich wieder neben sie. Er wichste seinen Schwanz, der im Vergleich mit seiner hochgewachsenen Statur eher unauffällig war, und nach nicht mal einer Minute spritzte er seinen warmen Samen in mehreren Salven auf sie ab. Hendryk hielt den Moment zufrieden mit seinem Mobiltelefon fest.

»Alter, haste das gesehen? Hab ihr 'n paarmal auf die Titten geschossen. Ein Spritzer ist sogar in ihrer Fresse gelandet!«, meinte Hannes keuchend und noch völlig euphorisch.

Hendryk klopfte ihm anerkennend auf die Schulter und reichte ihm sein Handy, damit er sich seinen Cumshot anschauen konnte, dabei amüsierten sich beide königlich.

Alexandra war sich noch nie so gedemütigt und unbeschreiblich dreckig vorgekommen. Das Gefühl der abscheulichen Schmach und der Erniedrigung konnte sie nicht in Worte fassen. Sie fühlte sich bis ins Innerste besudelt. Es waren nicht die physischen Schmerzen, sondern die Schande, die ihre Seele endgültig sterben ließ. Ein befreiendes Weinen blieb ihr auch in dieser dunklen Stunde versagt – irgendetwas in ihr kämpfte weiterhin gegen die Tränen an. Der Kloß im Hals wuchs stetig weiter und schnürte ihr die Kehle zu.

»Jetzt bin ich dran! Zieh ihr die Hose aus!«, kommandierte Hendryk.

Ein tiefer Seufzer entfuhr Alexandra, als sie kapierte, dass es längst noch nicht vorbei war. Hannes machte sich ans Werk, zog ihr die Jeans herunter bis zu den Knien, durchtrennte dann den Kabelbinder um ihre Beine mit dem Messer und schleuderte das nun komplett ausgezogene Kleidungsstück sowie die Strümpfe in den Raum.

Beide grinsten anzüglich, als sie vollständig entblößt vor ihnen lag. Wie gern hätte sie ihre Hände vor ihren Intimbereich gepresst. Sie war sich noch nie so nackt und entblößt vorgekommen. Sie schämte sich und aus Furcht vor weiteren Schlägen leistete Alex kaum Gegenwehr, als Hendryk ihre Beine auseinanderdrückte und grob in sie eindrang. Die Schmerzen waren immens, es fühlte sich an, als würde sie innerlich zerrissen. Daran änderte auch die Spucke nichts, die er während des rohen Aktes auf seine Eichel schmierte.

Hendryk machte das aus reinem Eigennutz und ganz sicher nicht, um ihr diese Tortur angenehmer zu machen, darüber war sich Alex vollkommen im Klaren. Bei jedem Stoß, mit dem sein Schwanz gegen ihren Muttermund stieß, durchdrang sie ein krampfartiger Schmerz. Sein Gesicht war nur Millimeter von ihrem entfernt und sie musste seinen üblen Zigarettenatem und den Geruch von Alkohol ertragen, während seine Atmung immer hektischer ging. Sein Bart kratzte sie im Gesicht. Sauer schmeckende Galle schoss ihr die Speiseröhre hoch, doch aus Angst vor körperlichen Repressalien schluckte sie diese herunter. Sie versuchte, sich durch schöne Erinnerungen von dieser barbarischen Situation abzulenken, doch bei den angenehmen Gedanken dachte sie an

Kurt und die Trauer überkam sie mit voller Wucht. Letztlich blieb ihr nichts anderes übrig, als darauf zu hoffen, dass auch diese Vergewaltigung bald vorüber sein würde.

Nachdem Hendryk sie mit seinem Saft innerlich entweiht hatte, hegte Alex die Hoffnung, dass sie von ihr ablassen würden, doch Hannes verkündete, dass er auch schon wieder geil wäre.

Nachdem Hendryk aufgestanden war, schauten sich beide ihre geschundene Vagina an. Risse und Hämatome umgaben den Schambereich.

»Hab dir die Bitch gut geschmiert, war echt furztrocken«, fiel Hendryks gefühlskalte Reaktion darauf aus und sein Freund pflichtete ihm lachend bei.

Ein erschreckender Gedanke keimte in Alexandra auf. Wer oder was war sie für die beiden? Sie kam sich vor wie eine lebendige Gummipuppe, in die beide ihre Lust verspritzen konnten. Wenn ihr Leben für die zwei jungen Männer von keinerlei Bedeutung war, war die Hemmschwelle, es zu beenden, bestimmt nicht sonderlich hoch. Ebenso erschütternd und verstörend war die Feststellung, dass sie das gar nicht sonderlich scherte. Wiederholt fragte sie sich, ob sie körperlich wie geistig bereits gebrochen war, und ob sie langsam ihren Verstand verlor, denn der Wahnsinn schien in einer verborgenen Ecke ihres Verstandes an die Tür zu klopfen. Alex konnte sich nur schwer ein Kichern verkneifen, als sie bemerkte, dass sich diese nicht weniger schmerzhafte Vergewaltigung von der vorherigen nur in einem Aspekt unterschied: Hannes roch weniger nach Alkohol als nach Knoblauch.

Nach unzähligen weiteren Erniedrigungen hauten die Jugendlichen mit ihren Autos endlich ab, jedoch nicht, ohne Alexandra wieder mit Kabelbindern festzuschnüren. Alexandra lag nackt und gefesselt auf dem Eichenfußboden. Mittlerweile war die Nacht angebrochen und sie zitterte vor Kälte. Unten herum fühlte sie sich eigenartig gedehnt und geweitet an. Für sie war es, als würden sich die Penisse der beiden noch in ihr befinden. Ihre Harnröhre brannte entsetzlich und sie wünschte, sie könnte sich duschen. Sie würde das Wasser ganz heiß aufdrehen, sich auf den Boden setzen und den ganzen Dreck, den Schnodder und auch den Gestank ihrer Peiniger abwaschen. Selbst in dem Wissen, dass es vergeblich wäre, würde sie versuchen, sich von der unendlichen Schmach und der Schändung reinzuwaschen. Ihre Kehle war wie ausgedörrt, sie hatte seit etlichen Stunden nichts mehr getrunken. Auch ihr Magen knurrte, und das, obwohl sie gar kein Bedürfnis nach Essen verspürte. Am qualvollsten jedoch war der Harndrang. Sie musste dringend zur Toilette – den Drang hatte sie schon verspürt, als sie mit Kurt aus dem Wald zurück zur Wohnung gekommen war, doch es war ihr unmöglich, sich aus ihren Plastikfesseln zu befreien. Außerdem fühlte sie sich matt und kraftlos. Sie fragte sich, ob sie ohne die Kabelbinder in der Lage wäre, aufzustehen und zu fliehen. Der Druck in der Blase war mittlerweile so weit angestiegen, dass es schon schmerzte. Unruhig wand sie sich hin und her. Sich einzunässen wie ein Baby war für sie eine weitere entwürdigende Vorstellung. Eine Dreiviertelstunde später, gab sie diesen inneren Kampf auf und ließ es einfach laufen. Als der warme Urin ihre Beine herunterlief, spürte sie ein Brennen und hätte vor Scham am liebsten losgeheult, doch ihre Blockade hielt sie weiterhin davon ab. Sie fühlte nach dem Erleichtern einen dumpfen, pochenden Schmerz im Unterleib. Die Kälte des Bodens wurde durch die Nässe noch unangenehmer. Trotz der Schmerzen und all der kreisenden

Gedanken, schaffte sie es irgendwann einzuschlafen und somit der grausamen Realität ein Stück weit zu entkommen. Doch in Morpheus' Armen zu ruhen war keine Erlösung, denn sie schlief unruhig und hatte intensive, fast fiebrige Träume, die sich allesamt um ihren geliebten Vierbeiner drehten.

Da öffnete sich die Wohnungstür und Alexandra schreckte aus ihren nächtlichen Gedanken hoch. Etwas Hartes traf ihren ungeschützten, nackten Körper. Ihr Puls stieg an und ein gellender, heiserer Schrei kam ihr über die trockenen Lippen, als sie im fahlen Licht des Mondes erkannte, dass es sich um die abgetrennte Pfote ihres geliebten Hundes handelte. Für einen kurzen Moment war sie sich sicher, dass es sich um einen Albtraum handeln musste.

Erst als Hendryk vor sie trat und mit einem schmierigen Grinsen sagte: »Hey, Schatz! Ich hatte Sehnsucht. Hast du mich auch vermisst?«, wusste sie, dass manche Albträume erst begannen, wenn man wach war.

# KAPITEL 9

*Wehe, wenn sie losgelassen …*
aus *Die Glocke* von Friedrich Schiller

»Ich schneid dir jetzt das Kabelband durch. Wenn du versuchst abzuhauen, werd ich dir die Achillessehnen durchtrennen.«

Mittlerweile brauchte es keine Drohungen mehr, allein der Klang von Hendryks Stimme löste eine Gänsehaut bei ihr aus. Alexandra bekam krampfartige Magenschmerzen und ihr wurde kotzübel.

Hendryk entkleidete sich unten herum und legte sich neben sie. Alex konnte nicht nur seine Erregung, sondern auch seinen beschleunigten Herzschlag spüren.

»Boah! Hast du Dreckstück etwa auf den Boden gepisst?«

Ein Schlag traf ihren Hinterkopf. Erst später sollte sich Alex bewusst werden, dass sie in diesem Augenblick zum ersten Mal nach dem Verlust ihrer Mutter zu Gott gebetet hatte.

»Schäm dich, du eklige Sau!« Obwohl Hendryk hinter ihr lag und sie ihn – was ihr das Bevorstehende erleichtern würde (welch schwacher Trost!) – nicht ansehen musste, spürte sie förmlich, wie er sein cooles Grinsen aufsetzte.

»Auf dein dreckiges Spundloch hab ich jetzt keine Lust mehr. Hoffen wir mal, dass deinem Arsch nicht so ’ne Schweinerei passiert ist.« Er rotzte zweimal auf seine Hand, rieb ihren Anus mit der Spucke ein und drängte seinen Schwanz in die enge Darmöffnung.

Alex schrie ihren zerreißenden Schmerz heraus, doch das schien ihn nur noch weiter zu befeuern, was sie an seiner erhöhten Stoßintensität festmachte. War der vaginale Missbrauch bereits mit großen Leiden verbunden, die sie auch jetzt noch deutlich spüren konnte, war diese Schändung nun eine ganz andere Herausforderung. Jeder einzelne, brutale Stoß war so qualvoll, dass sie dachte, dass sie den nächsten nicht überleben würde. Aber sie tat es. All ihr Flehen schien zu verpuffen und die Ausübung der Dominanz ihr gegenüber erregte ihn offenbar sehr. Mit einer Hand griff er von hinten an ihren Hals und nahm ihr die Luft zum Atmen. Sie wurde panisch, konnte in ihrer Situation jedoch keinerlei nennenswerte Gegenwehr leisten und war ihm auf Gedeih und Verderb ausgeliefert. Sein Stöhnen nahm zu und sie spürte wie sein Glied in ihrem Darm pulsierte. Nachdem er abgespritzt hatte, lockerte er seinen Griff und ließ anschließend ganz von ihr ab.

Alexandra schnappte nach Luft, als sei sie von einem etwas zu lang geratenen Tauchgang aus dem Wasser an die Oberfläche zurückgelangt. Sie war einfach nur froh, als er sich aus ihr zurückzog. Es war schon absurd, wie eine solche entmenschlichende Situation die Definition von Glück beeinflussen konnte. Zu ihrem Leidwesen hatte Hendryk noch weitere erniedrigende Abartigkeiten für sie auf Lager.

»Du Schlampe hast mir meinen Prügel mit Kacke beschmiert! Jetzt leckst du ihn sauber!«

Mittlerweile traute sich Alexandra nicht mal mehr den geringsten Widerstand – und sei es nur verbal – zu leisten, also öffnete sie ohne zu zögern ihren Mund und nahm das mit Kot beschmierte Glied auf. Der Geschmack war so, wie der üble Geruch ihn vermuten ließ. Sie wunderte sich, dass die Scheiße bei ihr keinen Würgereiz auslöste. Hatte die Folter sie bereits so sehr abgehärtet? Ob Hendryk die Behandlung gefiel oder seine sadistische Ader die Perversion genoss, blieb für Alex ein Rätsel und spielte eigentlich auch keine Rolle – jedenfalls machte ihn der Oralverkehr schon wieder hart und kurz darauf ergoss er seine milchige Samenflüssigkeit in ihren Mund. Endlich ließ er von ihr ab und Alexandra dankte ihrem Schöpfer dafür. Hendryk nestelte eine Zigarette aus der mitgebrachten Packung. Als er sich den Glimmstängel anzündete, nuschelte er mit der Kippe im Mundwinkel: »Es gibt nichts Besseres als ’ne Fluppe nach einem guten Fick.«

Diese Provokation erreichte Alex nicht. Sie hatte im Moment nur einen einzigen Wunsch: Es war ihr egal, dass sie hier gefangen war, sie wollte nur, dass dieser abscheuliche Kerl von hier verschwand. Er sollte einfach nur abhauen, doch Hendryk legte sich auf die Couch und Alex sah, wie Rauchschwaden von dem Sofa aufstiegen.

»Ich werd mich jetzt noch mal ne Runde aufs Ohr hauen. Denk dran: Machst du die Biege, kriegst du ebenso mein Messer zu spüren, wie dein stinkender Köter, der da draußen verwest.«

Die Erwähnung von Kurt ließ sie zornig werden, dennoch ließ sie in weiser Voraussicht die verletzenden Worte unkommentiert. In Alexandra stieg ein kleiner Funke Hoffnung auf. Hendryk wurde fahrlässig und hatte sich nicht einmal mehr die Mühe gemacht, ihr neue Fußfesseln anzulegen.

Mittlerweile war ihr Peiniger eingeschlafen, und es dauerte nicht lange, da schnarchte er bereits. Das war ihre Chance. Sie musste weg von hier. Doch der Funke erlosch wieder, als sie sich eingestehen musste, dass die Furcht sie regelrecht lähmte und sich wie ein Krebsgeschwür in ihr ausgebreitet hatte. Sie befand sich in einer Art Schockstarre und war nicht in der Lage, sich davonzustehlen. Sie drehte ihren Kopf und schaute in Richtung der Tür – so nah und doch so fern.

Menschen mit Stockholm-Syndrom, die sich mit ihrem Peiniger solidarisierten, waren etwas, das sie nie hatte nachvollziehen können. Seltsamerweise schien es ihr gar nicht mehr so abwegig. Ein Telefon gab es in der ›Waldesnähe‹ nicht und ihr eigenes, mobiles Gerät zu suchen, könnte Hendryk wieder auf sie aufmerksam machen. Aber ehe sie sich weiter diesen Gedanken hingab, musste sie ihre lähmende Angst vor einer Sanktion überwinden.

Es war eine zum Himmel schreiende Ungerechtigkeit. Am Vortag hatte sie sich noch so stark gefühlt, sicher, dass sie die Trennung mitsamt der Umstände schon bald überdauert hatte, doch sie war vom Regen in die Traufe gekommen und den kranken, niederen Instinkten dieser Schweine hilflos ausgesetzt. Aber jetzt war keine Zeit für Reflexion, sie musste ihren alten Kampfgeist reaktivieren – und zwar so rasch wie möglich.

Nach einer gefühlten Stunde hatte sie ihre paralysierten Extremitäten so weit, dass sie diese wieder einigermaßen bewegen konnte. Draußen war währenddessen die Dämmerung angebrochen. Es dauerte eine weitere Weile, ehe sie sich aufrecht hingestellt hatte. Ihre Beine fühlten sich wie Gummi an, doch sie hatte es geschafft: sie konnte stehen und sich sogar bewegen. Ihr Blick wanderte hinüber zur Haustür. Würde sie die Klinke mit ihren Füßen betätigen können? Es gab nur eine Möglichkeit, es herauszufinden. Alexandra fasste all ihren neu gewonnenen Mut zusammen und schlich zum noch verschlossenen Ausgang.

Plötzlich dudelte Hendryks Smartphone einen dieser

unsäglichen Deutsch-Rap-Songs – offenbar der Wecker. Durch den Schreck ließ sie in ihrer Adrenalin getränkten Anspannung einen hohen Schrei los. Hendryk schaute mit verschlafenem Blick in ihre Richtung.

»Wo willst du denn hin?«

»Nur mal schnell zur Toilette«, log sie.

Er stand auf und kam zu ihr. »Was du nicht sagst. Sieht für mich eher so aus, als wolltest du nicht pissen, sondern dich *ver*pissen!«

»Nein, ehrlich, nur schnell austreten.«

Er setzte einen überheblichen Gesichtsausdruck auf.

»Dann geh! Und sieh zu, dass du unter die Dusche kommst. Du stinkst …«, ein bösartiges Funkeln blitzte in seinen Augen auf, »… wie ein nasser Köter.«

Unbändige Wut kochte in Alex hoch. Wie gern hätte sie sich auf ihn gestürzt, ihm die Augen ausgekratzt und eigenhändig erwürgt. Aber selbst ohne die Kabelbinder an ihren Handgelenken wäre er ihr haushoch überlegen. Dennoch, als sie die mittlerweile eingetrockneten Blutflecke ihres Hundes auf dem Holzboden sah, gärte der Zorn weiter in ihr und sie wollte Hendryk tot sehen. Aber es bestand einfach keine realistische Möglichkeit, ihm Schaden zuzufügen. Ihr fiel die Nagelschere ein, doch selbst damit war sie dem Monster mit dem Cuttermesser nicht gewachsen. Sie konnte nur auf eine passende Gelegenheit hoffen.

Wenigstens ließ er sie im Badezimmer allein, nachdem er sich vergewissert hatte, dass es hier drinnen kein Schlupfloch nach draußen gab. Sie erschrak vor sich selbst, als sie in den Spiegel schaute. Ihr Gesicht war von der Gewalt gezeichnet, dennoch, es waren nur Blessuren und rein gar nichts im Vergleich mit dem Zustand ihrer Seele. Am allerschlimmsten empfand Alex die Barbarei, die diese Bestie ihrem Hund Kurt angetan hatte. Ihr

Leben lang würde sie diese grausamen Bilder nicht mehr vergessen können, zu tief hatten diese sich in ihr Gedächtnis eingebrannt.

Hendryk hatte ihr ein Zeitfenster von fünf Minuten gegeben, also nutzte sie die kurze Zeit, um abzuführen. Es fühlte sich schmerzhaft an, so als würde sie ihren eigenen Darm aus dem Körper pressen. Anschließend brauste sie sich kurz mit heißem Wasser ab. Als *Belohnung*, weil sie sich an seine Zeitvorgabe gehalten hatte, durfte sie sich sogar etwas anziehen.

Alexandra kommentierte es sarkastisch als »Akt der Güte«, worauf sie nur dieses widerliche Grinsen erntete.

Ihre Worte bereute sie sofort, nachdem sie diese ausgesprochen hatte, da sie Sanktionen fürchtete.

»Ich muss los. Aber sei dir sicher, dass ich dich später wieder besuchen komme.« Es klang nicht nur wie eine Drohung, es war eine.

Er fesselte sie mit weiteren Kabelbindern und hatte eines ihrer Oberteile zerschnitten und zu einem Knebel umfunktioniert. Nachdem er sie mundtot gemacht hatte, zündete er sich zufrieden eine Zigarette an und inhalierte tief. Nach einigen Zügen widmete er sich wieder Alex.

»Zum letzten Mal: Wenn du mich verarschen willst, dann tu ich dir weh, verdammt weh. Ich hatte dich gewarnt, dass es ein Fehler ist, sich meinen Anweisungen zu widersetzen.« Er zog ihr das T-Shirt hoch und drückte die brennende Kippe in ihren Bauchnabel. Alexandra reagierte, als sie der Schmerz erfasste, mit einem schrillen Schrei, der durch den Stoff in ihrem Mund gedämpft wurde. Die überraschende Pein und ihre Fesseln ließen sie nach hinten zu Boden kippen.

»Versuchst du noch mal wegzulaufen, dann drück ich dir die nächste Zigarette ins Auge. Haben wir uns verstanden?« Damit ließ er sie in ihrem Gefängnis allein.

Hendryk hatte ihr den Fernseher angelassen, doch das stupide Programm war für sie von keinerlei Interesse. Ihr tat alles weh und ihre gefesselten Hände fühlten sich mittlerweile taub an. In ihrem Bauchnabel brannte es wie Feuer, ihr Gesicht schmerzte ebenso wie ihre Hüfte und ihr gesamter Unterleib – vorn wie hinten. Trotzdem schaffte sie es wieder auf die Beine und gab sich verschiedenen Gedankenspielen hin, die allesamt mit einer möglichen Flucht zu tun hatten. Letztlich scheiterte jeder Versuch bereits in der Vorstellung. Es war demotivierend. Sie konnte doch nicht einfach auf die Rückkehr ihres Peinigers warten …

Ihr nächster Gedanke galt dem roten Stofffetzen in ihrem Mund. Wenn sie sich davon befreien könnte, würde sie vielleicht ihre trockene Kehle befeuchten können. Ohne Knebel schaffte sie es vielleicht, mit ihren Zähnen eine Flasche Wasser aufzuheben. Diese konnte sie dann sitzend in ihrem Schoß fixieren, während sie den Verschluss mit ihrem Mund öffnete. So sehr sie es auch versuchte, der festsitzende Knebel blieb an Ort und Stelle. Mit solchen Gedanken verging wertvolle Zeit, ohne dass sie bei ihrer Flucht oder der Verbesserung ihrer Situation auch nur ein Stück weiterkam. Desillusioniert bewegte sie sich erschöpft in Richtung Sofa und ließ sich darauf fallen. Ihr erschöpfter Körper schrie förmlich nach Schlaf. Das Sofa war nach der Nacht auf dem Holzboden purer Luxus. Doch ihre Gedanken, die um ihren Hund kreisten, hielten sie wach und ließen sie melancholisch werden. Oftmals, erkannte Alexandra, waren es die kleinen Dinge im Leben, beispielsweise das leise Tapsen der vier Pfoten, die ihm einen Sinn gaben. Sie hatte mal einen Spruch gelesen, dass *Zuhause* dort war, wo du die Tür aufmachst und dich jemand vor Freude anspringt.

Ein Heim gab es für sie nicht mehr. Die Stille hier war für sie kaum auszuhalten, daran änderte auch die endlose Klanguntermalung des Fernsehers nichts. Alex gab sich ihrer tränenlosen Niedergeschlagenheit hin.

***

Irgendwann traf Hendryk wieder ein. Alexandra hatte es bereits am Geräusch des anrollenden Autos erkannt und sie wusste, dass sie ihre Chancen auf eine Flucht vertan hatte. Sie würde wieder benutzt werden und wer wusste schon, was der Drecksack sich dieses Mal für qualvolle Abartigkeiten für sie ausgedacht hatte.

Sie zitterte am ganzen Körper, als sich die Tür öffnete. Er hatte nicht seinen großen Freund im Schlepptau, sondern brachte seine Freundin mit. In Melanies nachdenklichem Blick erkannte Alexandra, dass ihr der Anblick ganz und gar nicht gefiel. Alex wusste, dass sie in ihr eine Konkurrentin sah. Schon beim ersten Kontakt an der Tankstelle war es Melanie zuwider, dass ihr Freund sie überhaupt angesprochen hatte. Dies verriet ihr Melanies Mimik. Vielleicht bestand Hoffnung, dass Melanie ihren Freund zur Vernunft brachte. Schließlich war sie ebenfalls eine Frau. Sie konnte die offensichtlichen Grausamkeiten, von denen ihr geschundener Körper zeugte, nicht einfach ignorieren. Alex fixierte sie mit ihrem Blick und hoffte, dass sich in ihr wenigstens ein Funken Mitgefühl befand, doch Melanie wich ihr aus und wandte sich stattdessen an ihren Freund.

»Seit wann läuft das hier?«

»Bin gestern hier rein«, sagte Hendryk achselzuckend und nahm Alexandra den Knebel aus dem Mund.

»Ich wusste, dass du die geil findest.«

Hendryk sprang nicht auf Melanies Provokation an,

was das Mädchen wütend zu machen schien.

»Du hast sie gefickt!«

»Ach was.« Hendryk winkte ab. »Die hochnäsige Fotze brauchte ’ne Lektion. Ihr Köter hat mich angegriffen und dann führte eins zum anderen«, rechtfertigte sich Hendryk halbherzig.

»Das Arschloch hat mich vergewaltigt. Allein und mit seinem Freund!«, platzte es aus Alexandra heraus.

Sofort ging Hendryk auf sie los und verpasste ihr einen brutalen Tritt in den Magen.

Alex krümmte sich vor Schmerzen.

»Du Nutte hältst dein Maul! Du sprichst nur, wenn du gefragt wirst.«

Melanie schritt nicht ein und unterband diesen Gewaltakt nicht. Gedanklich schien sie mit etwas ganz anderem beschäftigt zu sein.

»Ist sie gut? Gefällt dir dieser dürre Körper?«

»Babe, du weißt doch, worauf ich stehe.«

»Ach ja? Warum poppst du dann ständig so dünne Hühner?« Melanie zeigte keinerlei Anteilnahme an Alex’ Schicksal, das ihr Freund zu verantworten hatte. Vielmehr schien sie zu stören, dass er fremdgegangen war.

»Hey, du weißt doch wie wir Männer sind …«, setzte er an. »Keine Sorge, in meinen Eiern ist noch genug Liebe für dich.«

»Du bist so ein Arschloch, Hendryk!« Mit wutverzerrtem Gesicht und Tränen in den Augen stürmte sie aus der Ferienwohnung und er lief ihr hinterher. Da die Tür aufgeblieben war und die beiden unmittelbar vor dem Haus standen, konnte Alexandra den lautstarken Dialog mit anhören.

»Melanie! Warte! Du weißt, dass du meine Queen bist.«

»Ja klar, und das beweist du mir, indem du jedes billige

Flittchen vögelst?«

»Komm schon, du hast gesagt, dass du die eingebildete Fotze auch nicht ausstehen kannst.«

»Richtig! Aber deshalb geh ich bestimmt nicht zu ihr und fick ihr das Hirn raus!«

»Ich wollte ihr ’ne verdammte Lehre erteilen. Das ist alles.«

Sie zog die Nase hoch.

»Komm schon, Mel. Ich brauch dich hierbei«, setzte er nach.

Ein Zischlaut war ihre Reaktion. »Willst du, dass ich sie ebenfalls knalle, oder was? Was meinst du, was sie als Erstes macht, wenn sie hier raus ist? Sie wird deinen Arsch in den Knast verfrachten!«

»Bullshit. Ich bin der Mann mit dem Plan.«

Jetzt überschlug sich Melanies Stimme fast und sie drohte hysterisch zu werden. »Du hast gar nichts! Du notgeiles Stück Scheiße hast wieder nur mit deinem Schwanz gedacht. Ich sage dir mal …«

Es klatschte. »Zeig Respekt! So redest du nicht mit mir!«

Danach war Melanie verstummt. Nach einem Moment der Stille, begann zu sie weinen.

»Sorry, Mel. Das wollte ich nicht …« Hendryk schien nach den richtigen Worten zu suchen. »Du bist doch mein Mädchen und ich brauch dich jetzt.«

Da sie jedoch nicht darauf ansprang, versuchte Hendryk es mit einer anderen Strategie. »Von dir erwarte ich Loyalität! Wenn du mich wirklich liebst, dann stehst du gefälligst hinter mir.«

»Du weißt, wie sehr ich dich liebe«, antwortete sie kurz darauf.

Dann kamen beide wieder zurück in die Wohnung. Alex traute ihren Ohren nicht. Es konnte doch nicht sein, dass sie es so einfach hinnahm und sich der Beihilfe schuldig machte. Wie alt war das Mädchen? Vielleicht sechzehn, allerhöchstens achtzehn. Sie konnte sich doch nicht so einfach von diesem Typen manipulieren lassen. So naiv konnte Melanie doch nicht wirklich sein. Sie war übergewichtig, aber empfand sie tatsächlich so wenig Selbstachtung, dass sie Hendryk alles durchgehen ließ und ihn sogar noch unterstützte? Oder hatte sie selbst Angst vor ihm? Wahrscheinlich waren ihr die Wut- und Gewaltausbrüche ihres Freundes selbst nicht fremd.

»Ich hab schon lange nichts mehr getrunken. Meine Kehle ist völlig ausgetrocknet. Es wäre sehr nett von dir, wenn du mir etwas zu trinken reichen könntest«, bat Alex die junge Frau, als sie in ihre Nähe kam.

Das dickliche Mädchen beugte sich zu ihr auf die Couch herunter und flüsterte ihr ins Ohr: »Du Fotze hast meinen Freund verführt. Du legst dich hier definitiv mit der Falschen an.« Sie richtete sich wieder auf und sprach so laut, dass auch Hendryk es hören konnte: »Du hast Durst? Dann hab ich hier was für dich!« Melanie zog ihre Sneakers, ihre Strümpfe sowie die Baggy-Pants mitsamt der Unterwäsche aus und pisste ihr einen goldenen Strahl ins Gesicht. Alexandra wand ihren Kopf unter der warmen Urindusche, während Melanie und Hendryk über diese erniedrigende Behandlung hämisch lachten.

Wie hatte Alex sich nur so in ihr täuschen können. Ihr gegenüber verhielt sie sich ebenso empathielos wie ihr Freund und bewies ihre Treue ihm gegenüber mit dieser herabwürdigenden Misshandlung.

»Heute Abend machen wir hier Party. Hannes und ich besorgen Alk, Weed und was zum Rotzen.«

Beim Gedanken daran, was diese Kreaturen wohl unter *Party* verstanden, drehte sich Alex der Magen um. Sie beschlich die Gewissheit, dass dies eine weitere lange Nacht in der Hölle werden würde.

# KAPITEL 10

*Das Schicksal des Menschen ist der Mensch.*
Bertolt Brecht

Herr Reuter hatte das Treffen mit Frau Wagner im Lebensmittelgeschäft noch gut in Erinnerung. Die junge Frau machte einen aufgewühlten und ehrlich besorgten Eindruck auf ihn, auch wenn sie es nicht direkt kommuniziert hatte. Er war sich nicht sicher, ob er sie mit seinen Worten allein hatte beruhigen können. Natürlich kannte er die gemeinten Jugendlichen. Auch wenn er sie nicht als kriminell einstufte, war es für ihn Gesindel und er war voll der Hoffnung, dass sie nicht auf die schiefe Bahn geraten würden. So ganz sicher, wie er es Frau Wagner gegenüber kundgetan hatte, war er sich jedoch nicht. Im Dorf gingen einige Gerüchte um. Angeblich sollten sie unter anderem für das grausame Schänden einer Kuh in der Region verantwortlich sein. Dem Tier wurden Silvesterböller in den After eingeführt und angezündet. Laut Bauer Erkens war das Tier an den zugefügten Wunden elendig krepiert. Aber wie oft hatte sich dieses *Gemeinde-Gemunkel*, wie er es nannte, als nichts weiter als haltloses Geschwätz herausgestellt, denn Beweise, dass die *Streuner* dafür verantwortlich waren, gab es keine. Frau Wagner war ihm sympathisch, eine nette und aufgeweckte junge Frau, wie er fand. Außerdem hatte er an ihrem Hund einen Narren gefressen. Der Name des Tieres, Kurt, zauberte ihm auch jetzt noch ein Lächeln auf die Lippen. Der alte Mann überlegte, ob er sich nach Frau Wagners Wohlbefinden erkundigen sollte.

Brunhilde würde er heute Nachmittag zum Bahnhof fahren. Zwei Tage würde sie bei ihrer älteren und schwerkranken Schwester verbringen. Helga, seine Schwägerin, war vom Krebs zerfressen und laut den Ärzten war es ein Wunder, dass sie überhaupt noch unter den Lebenden weilte. Aber Helga war eine resolute, ebenso zähe Person wie ihre Schwester und allein ihr eiserner Wille schien sie noch am Leben zu halten.

Für Herrn Reuter waren die kurzen Auszeiten von seiner Frau eine Wohltat, auch wenn er das nie offen aussprechen würde – so etwas machte man nicht. Ihre Kochkünste vermisste er allerdings schon, und das wurde ihm spätestens dann schmerzlich ins Bewusstsein gerufen, wenn er sich zum Mittag eine Mahlzeit zum Aufwärmen in die Mikrowelle stellte.

Termine hatte er seit seinem Renteneintritt deutlich weniger als zu Berufszeiten. Er traf sich ab und an mit seinen Bekannten, doch in den letzten Jahren waren seine beiden besten sowie gleichaltrigen Kameraden verstorben. Er seufzte beim Gedanken an seine engen Freunde und gleichzeitig wurde er an die eigene Sterblichkeit erinnert. Aber so war nun mal der unveränderliche Lauf der Dinge. Heute, am frühen Nachmittag, stand jedenfalls nichts auf seinem Plan, außer einem Spaziergang. Aber den würde er einfach auf später verschieben oder ganz ausfallen lassen, denn schon seit gestern Abend plagte ihn eine Übelkeit, die er als Sodbrennen abtat. Diese Verschleißerscheinungen waren seiner Meinung nach Teil des Preises, den er für den Genuss im hohen Alter bezahlen musste.

Er entschloss sich, Frau Wagner einen Besuch abzustatten. Kurz ließ er sich durch den Kopf gehen, ob sein spontanes Erscheinen nicht zu aufdringlich wäre, schließlich wollte er ihr nicht auf den Geist gehen oder ihr das Gefühl vermitteln, dass er sie kontrollieren würde. Er würde ihr einfach sagen, dass er zufällig in der Nähe war und sich kurz darüber informieren wollte, ob es noch mal zu einem unangenehmen Kontakt zwischen ihr und den Jugendlichen gekommen war. Ihre Zeit wollte er gar nicht lange in Anspruch nehmen, aber hatte er diesen guten Vorsatz nicht immer? Herr Reuter nahm sich vor, auf dem Weg zur Ferienwohnung noch schnell am Lebensmittelgeschäft zu halten, um ein paar Hundeleckerlis für Kurt einzukaufen.

Er parkte seinen alten grünen Mercedes vor dem Feriendomizil. Auch nach dem zweiten Klingeln blieb die Tür verschlossen. *Wahrscheinlich ist sie mit ihrem Hund in den Wäldern unterwegs*, dachte Herr Reuter und wollte schon wieder kehrtmachen, als er etwas hörte. Seinen Ohren waren schon lange nicht mehr das, was sie einmal gewesen waren – aber war das gerade eben nicht ein Frauenschrei? Er horchte an der Tür und spätestens jetzt war er sich ganz sicher: Da drinnen schrie jemand, wenn es auch nur dumpf zu hören war. Er stellte sich vor das große Fenster, um einen Blick in die Wohnung zu erhalten. Als er hineinschaute, glaubte er, seinen Augen nicht trauen zu können. Im Inneren stand Frau Wagner. Ihre Beine waren gefesselt und ihre Arme hinter dem Rücken offenbar auch. Außerdem hatte sie einen Knebel im Mund. Herr Reuter schrie, in der Hoffnung, dass sie ihn durch die Scheibe hören konnte, dass er sofort wiederkommen würde. An seinem Schlüsselbund, der sich im Auto befand, hatte er auch einen Schlüssel für die Wohnung. Er humpelte gerade, so schnell es ihm möglich war, zu seinem Auto, als ihn plötzlich starke Stiche in seinem Oberkörper innehalten ließen und er sich mit beiden Händen an die schmerzende Region fasste. Das starke Engegefühl schnürte ihm die Luft ab, Schweißperlen bildeten sich auf seiner Stirn und seine Gesichtsfarbe wurde fahl. Während er sich mit dem Rücken gegen seinen Wagen fallen ließ und langsam an der Fahrertür zu Boden rutschte, dachte er an das arme Ding in seiner Ferienwohnung und an diese Lumpenbande. Er war nicht naiv – vielmehr wusste er, dass er einen schweren Herzinfarkt erlitten hatte. Der Zeitpunkt hätte jedoch ungünstiger nicht sein können, denn es war augenscheinlich, dass Frau Wagner schweres Leid zugefügt wurde und sie dringend Hilfe benötigte. Auch wenn ihm nicht nach Schmunzeln zumute war, es war eine wirklich bittere Ironie des Schicksals, dass seine alte Pumpe just in diesem Moment den Geist aufgab. Er konnte sie nicht retten – und sie konnte ihn nicht retten. Beiden blieb nichts anderes übrig, als das Dilemma des jeweils anderen durch die Fensterscheibe zu beobachten. Herr Reuter sprach gedanklich das Vaterunser, dachte an Brunhilde und fragte sich, ob er wohl seine alten Wegbegleiter wiedersehen würde, die er in der letzten Zeit so schmerzlich vermisst hatte.

***

Ein Auto kam angefahren. Der tiefergelegte 3er BMW parkte direkt neben dem Mercedes und Hendryk und Hannes stiegen aus.

»Ey schau ma', der Opa hat 'nen Herzkasper!« Hannes fasste sich ans Herz und imitierte zappelnd einen Anfall.

»Lass den Scheiß, Spasti. Das ist der Reuter, dem gehört die ›Waldesnähe‹.« Hendryk ging zu ihm und trat gegen dessen Körper. »Der is' hinüber«, stellte er fest.

Hendryk schwenkte seinen Blick weg vom Leichnam, hin zum Fenster der nur wenige Meter entfernten Wohnung. »Hat wohl unser Fickfleisch entdeckt und der Anblick ist ihm nicht so gut bekommen.« Hendryk lachte gehässig.

Hannes hingegen wurde es ganz anders, als er realisierte, dass der Alte tatsächlich keinen Ton mehr von sich gab.

»Komm, pack mit an. Setzen wir ihn auf die Beifahrerseite«, gab Hendryk die Marschrichtung vor und sein Freund konnte seinen Gedanken offenbar nicht folgen.

»Warum? Keine Lust, mir die Hände an dem alten Sack schmutzig zu machen. Ist doch nicht unser Problem«, protestierte er.

»Auch wenns hier abgelegen ist, besteht 'ne kleine Chance, dass der alte Penner entdeckt wird und unsere kleine Bitch dann ebenfalls. Wegen dieser eingebildeten Schnepfe, geh' ich jedenfalls nicht in den Bau! Wir können nur hoffen, dass der Opa nicht schon Hilfe angefordert hat. Dann wimmelt es hier gleich vor den Bullen.«

»Hast 'nen Masterplan, Digger?«, wollte Hannes wissen.

»Wir packen den Alten in den Wagen und fahren an einen Ort, wo er schnell entdeckt wird. Wir setzen ihn auf die Fahrerseite und dann wird er tot vorgefunden. Nach 'nem Greis, der am Steuer seines Wagens verreckt ist, kräht kein Hahn. Hauptsache weg von der Fewo.«

Das leuchtete Hannes ein. Gemeinsam hoben sie den Leichnam vom Boden und hievten Herrn Reuter ins Auto. Hannes beschwerte sich über das Gewicht und Hendryk blaffte ihn an, dass er froh sein konnte, dass die Leichenstarre noch nicht eingesetzt hatte, denn sonst wäre der erschlaffte Körper deutlich schwieriger im Auto zu platzieren.

Als Reuter endlich auf der Beifahrerseite saß, gab Hendryk seinem Kumpan die Anweisung, dass er ihn anschnallen sollte. Als Hannes gerade die Zunge des Anschnallgurtes in das Schloss einrasten ließ, riss der vermeintliche Tote die Augen auf und schrie: »Ihr …!«

Die beiden Jugendlichen sprangen erschrocken zurück.

»Scheiße! Der alte Knacker lebt ja noch!«, entfuhr es Hannes.

Hendryk schubste seinen großgewachsenen Kollegen barsch zur Seite und presste seine Hand auf Herrn Reuters Nase sowie Mund, sodass der keine Luft mehr bekam.

»Nicht mehr lange …«, war Hendryks kaltschnäuziger Kommentar.

Herr Reuter war am Ende seiner Kräfte und seine Gegenwehr wirkte nur halbherzig. Gegen den jungen Mann, der sich auf dem körperlichen Höhepunkt seines Lebens befand, hätte er auch ohne den Infarkt nicht den Hauch einer Chance gehabt. Hannes wirkte schockiert über die erbarmungslose Reaktion seines besten Freundes und hüpfte von einem Bein auf das andere, als müsste er ganz dringend pissen.

»Hör auf damit! Du bringst ihn ja um!«

»Der Reuter hat zu viel gesehen. Der würde uns verpfeifen. Wenn er es nicht schon hat!« Es folgte keine Reaktion seitens Hannes. »Willst du in den Bau?«

Hannes drehte sich weg und blieb ihm auch diese Antwort schuldig.

*Typisch*, dachte Hendryk, *wenns ans Eingemachte geht, muss ein Mann die Drecksarbeit erledigen.*

Nach etwa zwei Minuten ließ Hendryk vom inzwischen tatsächlich Toten ab, der sich bereits nach knapp einer Minute schon nicht mehr gerührt hatte.

Hannes war der eiskalte Mord offenbar auf den Magen geschlagen, denn er hatte sich inzwischen die Seele aus dem Leib gekotzt.

*Weichei*, spottete Hendryk in Gedanken, denn er brauchte seinen *Pseudogangster* noch. Schon bald mussten sie auch ihre Sexsklavin loswerden, am besten noch kommende Nacht. Er konnte sie nicht am Leben lassen, da würde er kein Risiko eingehen, denn sie würde ihn verraten und dann hieß es definitiv: Gefängnis. Bei dieser Tat und bei seinem Vorstrafenregister, würde er lange Zeit hinter schwedischen Gardinen verbringen müssen. Das war keine Option und er würde alles tun, um das zu verhindern. Seine Crew hatte er unter Kontrolle, die würden schweigen, da war er sich sicher. Melanie war ihm ebenso loyal wie Hannes, den er als Mitläufer einstufte. Mikey war da eher sein Sorgenkind, doch für ihn hatte er bereits einen Plan. Er sollte im gleichen Boot sitzen wie sie alle, nicht, dass er noch auf dumme Gedanken kam.

»Das war nötig, Bro. Er hätte uns ganz tief in die Scheiße geritten.«

Hannes winkte ab.

Hendryk vermutete, dass ihm seine körperliche Reaktion unangenehm war.

»Der Alte wäre im Krankenhaus eh verreckt. War also nicht mehr als 'ne kleine Sterbehilfe«, versuchte Hendryk seinem Freund eine andere Perspektive zu vermitteln.

»Hast recht. War richtig so. Für so 'nen alten Sack gehe ich nicht hinter Gitter.«

Hendryk lächelte seinen Buddy an und freute sich, dass er Vernunft angenommen hatte. »Das ist mein G! Komm schon, fahren wir den Kadaver wie geplant weg, ehe er noch anfängt zu stinken.«

Nach dieser reibungslos verlaufenden Aktion fuhren die beiden zurück zur ›Waldesnähe‹. Da keine Bullen aufgetaucht waren, luden sie alles, was sie für die heutige Party eingekauft hatten, aus dem Auto und kümmerten sich ausgiebig um Alexandra.

***

Aus sicherer Entfernung, ohne dass die beiden etwas davon mitbekommen haben, war Alex Zeuge des Mordes an ihrem Vermieter geworden. Hilflos musste sie mit ansehen, wie der Anführer Herrn Reuter das Leben genommen hatte. Sie war zutiefst schockiert und weiterer Zorn machte sich in ihr breit. Der alte Mann stand kurz davor, sie zu retten und war dann vor ihren Augen zusammengebrochen. Alexandra verfluchte den Gott, an den sie vorhin noch Stoßgebete geschickt hatte. Wenn es eine Allmacht gab, wie konnte diese nur so grausam sein? Was hatte sie nur verbrochen, das ein solch hartes Schicksal rechtfertigte? Sie kam zu dem Schluss, dass keine übergeordnete Macht ihr je zur Hilfe eilen würde. Niemand konnte ihr helfen – niemand, außer sie selbst. Sofern sich noch mal eine Möglichkeit zur Flucht bieten sollte, würde sie nicht zögern, diese zu nutzen.

# KAPITEL 11

*Was mit Gewalt erlangt worden ist,*
*kann man nur mit Gewalt behalten.*
Mohandas Karamchand Gandhi

Durch die Wohnung waberten schwere Rauchschwaden und es roch nach Marihuana. Hannes hatte seinen Boomblaster mit integriertem Subwoofer mitgebracht, der basslastige Hip-Hop-Sounds spielte, mal mit amerikanischen, mal mit deutschen Texten.

Die vier Jugendlichen waren nun vereint. Auch Mike, der sich als Hannes' Stiefbruder entpuppte, war dabei. Er hielt sich zurück, sprach nur, wenn er aufgefordert oder angesprochen wurde und nippte an seiner Gerstenschorle.

Für Alex hatte das hier nichts mit einer Party zu tun, sondern vielmehr mit gezieltem Abschießen. Hendryk und Hannes tranken ein Bier nach dem anderen, rauchten Joints und hin und wieder zogen sie sich zwei Linien Koks auf dem Tisch vor dem Fernseher. Mit einem kleinen goldenen Messingrohr zogen er und Hannes sich das weiße Pulver in ihre Nasen. Melanie beteiligte sich nicht daran, sie trank Wodka, den sie sich mit Orangensaft mischte. Sie hatten es sich auf Couch und Stühlen um den Tisch vor dem Fernseher gemütlich gemacht. Selbst Alexandra saß auf einem Stuhl in der illustren Runde. Sie hatten ihr die Fesseln sowie den Knebel abgenommen. Alex war froh, dass sie etwas anziehen durfte. Dennoch war sie auf der Hut, denn sie war sich bewusst, dass die ausgelassene Stimmung jederzeit kippen konnte und sie als Opfer herhalten musste. Mit aller Macht versuchte sie, sich so unsichtbar wie möglich zu machen und war um jede verstreichende Minute dankbar, in der sie nicht im Mittelpunkt stand. Hannes bot ihr sogar ein Bier an. Mit wenigen Schlucken trank sie das herbe Getränk. Ihr Durst war zwar noch nicht gestillt, doch es setzte rasch eine berauschende Wirkung bei ihr ein, da sie schon über einen längeren Zeitraum hinweg nichts mehr gegessen hatte. Der Schwips ließ sie gleichgültiger werden und wirkte sich positiv auf die allgegenwärtigen Schmerzen aus.

Hannes amüsierte sich darüber, dass sie die Flasche so rasch geleert hatte. »Bist mir schon ein gieriges Luder!« Er reichte ihr eine weitere Flasche, deren Inhalt sie ebenso gierig in sich aufnahm. Dann ging er zum Gettoblaster und wählte einen bestimmten Song.

»Hey, Schönheit«, lallte Hannes. Er war noch nicht betrunken, aber seine Aussprache war aufgrund des Alkohol- und Drogenkonsums verwaschen. »Der Track ist für dich.« Dann legte er los: »Eine Frau ist ein Gegenstand und das teilt man gern. Hose auf, Frauen kauf. Komm und zeig dein' Arsch, du geile Sau, mach dich nackig, du Hure …« Das Lied ging ebenso primitiv weiter, wie es begonnen hatte.

Derweil machte Alex gute Miene zum bösen Spiel und rang sich ein Lächeln ab. Sie musste an Philipp denken. Er nannte solche Kids augenzwinkernd *bildungsfernen Proletarierabschaum.* Alexandra war nicht so verbohrt, zu denken, dass allein der Konsum dieser Subkultur-Musik die Jugend verrohen ließ. Eine solche Zeigefingermentalität war ihr fremd, dennoch waren diese Jugendlichen für solche platten, wie vulgären Macho-Fantasien empfänglich, wenn erst mal die Hemmschwelle durch Alkohol und andere Substanzen gesenkt war.

Musik konnte in ihren Augen nie allein Auslöser sein. Ein Blick in die Familienstrukturen der Jugendlichen ließe sie wahrscheinlich in einem ganz anderen Licht erscheinen. Dennoch, Mitleid war das Letzte, was Alexandra für sie empfand. Sie hoffte, dass Hannes sich von diesem schäbigen Text nicht animieren ließ. Erleichtert sah sie, dass Hendryk weiteres Marschierpulver auf dem Tisch vorbereitete und Hannes diese Gelegenheit nicht versäumen wollte. Allgemeine Erheiterung unter den vieren fand die Frage von Melanie, die sie aus dem Nichts stellte.

»Wie heißt du eigentlich?«

Hendryk und Hannes hatten sie mehrere Male brutal missbraucht, doch für ihren Namen hatte sich bis dato niemand interessiert – widerwillig gab sie ihn preis.

»Alexandra, unsere Gastgeberin, wir stoßen dich an. Äh, wir stoßen auf dich an«, alberte Hannes. Der sexuelle Unterton ließ Alex fahrig werden. Es war ein ständiges Warten darauf, dass irgendein Anwesender Lust bekam, sein Ding ihn sie zu stecken. Nervös wanderte ihr Blick zur Wanduhr. Je weiter der Abend fortschritt, desto zugedröhnter wurden vor allem der Anführer und der Riese. Aber auch Melanie hatte die Wodkaflasche gut zur Hälfte geleert. Während Hendryk einen Joint drehte, wurde sie anhänglich. Sie setzte sich neben ihn, kraulte ihm den Nacken und streichelte seinen Oberkörper. Alexandra wusste nicht, ob das offen zur Schau gestellte Getue sie sorgen oder beruhigen sollte. War es Fluch oder Segen, dass Hendryks Freundin heute Nacht hier war? Würde er von ihr ablassen und sich mit Melanie vergnügen, oder würde es ihn gar noch anstacheln und er würde sich ihr trotzdem widmen? Es bestand zudem die Gefahr, dass Hannes sich von der offen signalisierten Lust anspornen ließ.

Während Hendryk sich seine Selbstgedrehte anzündete, verschwand Melanies Hand in dessen Trainingshose. Nach einigen Zügen reichte er den Marihuana-Stängel an Hannes weiter und Melanies Kopf ging zwischen seinen Beinen auf Tauchstation.

Mike schien der öffentliche Blowjob peinlich zu sein, denn er wusste nicht, wohin er zuerst schauen sollte.

Hannes hingegen sah mit einem lasziven Grinsen zu.

Panik kroch in Alexandra hoch. War das der Anfang einer weiteren Vergewaltigung? Sie spürte schon, wie Hannes' Blick sie taxierte. Kurz darauf saß er bereits neben ihr. Ihr Geschlecht war total wund und sie fragte sich, wie viel mehr sie noch ertragen können würde. Doch welche Wahl blieb ihr schon? Sie war seinen Trieben ausgeliefert. Mit ihrer Hand rieb Alex über Hannes' Hose und sie flüsterte ihm ins Ohr, dass er sie ausziehen sollte, da sie seinen Schwanz massieren wollte. Umgehend kam er ihrer Bitte nach. Alexandra war diese Option, dass sie ihm einen runterholte oder ihn vielleicht oral befriedigte lieber, als dass er in sie eindrang. Der irre Teil ihn ihr, der wieder anklopfte, fand es zum Schreien komisch, dass es nur ein paar Vergewaltigungen brauchte, um aus ihr eine Opportunistin zu machen.

Der Blowjob seiner Freunde hatte ihn bereits erregt und so ließ er sich stehend seinen Penis mit der Hand bearbeiten. Es kam ihm kurz bevor Hendryk seine zähflüssige Lust im Mund seiner Freundin verspritzte. Vielleicht waren ihre sexuellen Gelüste nun gesättigt? Wenigstens vorerst? Die Hoffnung starb ja bekanntlich zuletzt.

»Mikey, willst du auch mal?«, fragte Hannes seinen kleinen Bruder.

»Nein«, fiel dessen knappe Antwort aus.

»Bist wohl noch Jungfrau?«, stichelte Melanie und die drei lachten. Hannes reckte seinem Bruder sein blankes Gesäß entgegen.

»Vielleicht ist dir so ’n knackiger Männerarsch lieber?« Auch das traf beim Humor der drei ins Schwarze.

»Nein, ganz bestimmt nicht. Sie ist halt nur nicht mein Typ.«

Jetzt mischte sich auch Hendryk ein. »Was stimmt mit dir nicht?« Er trat hinter Alexandra und zog ihr das T-Shirt hoch. Die Chance einen BH anzuziehen, hatte er ihr nicht gelassen, und so führte er Alex vor den Augen aller vor.

Sie gab nicht den geringsten Mucks von sich und war sichtlich eingeschüchtert.

»Sind diese Prachttitten nichts für dich?«

»Heute nicht. Hab einfach nur keine Lust.«

Auch Melanie zog nun oben herum blank und präsentierte ihre große Oberweite. Ihr Busen war rund und fleischig, an den Seiten waren Dehnungsstreifen zu erkennen.

»Vielleicht steht unser Mikey mehr auf pralle Möpse und nicht auf so kleine Dinger«, sie wiegte provokativ ihre Brüste.

Hannes pfiff durch die Zähne und klatschte, selbst Mike konnte sich ein Grinsen nicht verkneifen.

Hendryk war der Einzige von ihnen, der völlig ernst blieb. »Komm her und fass sie an!«, befahl er Hannes’ kleinem Bruder, und bittere Übelkeit stieg in Alex auf, da sie diese Tonlage Furchtbares erahnen ließ.

»Nee, ich will nur mein Bier trinken.«

Hendryk nahm sein Cuttermesser aus der Hosentasche. »Komm her oder ich schlitze sie auf wie einen Fisch!«

Mike wurde nervös. Er schaute Hilfe suchend zu seinem Bruder, der sich an den Anführer wandte: »Ach komm, lass ihn in Ruhe.«

»Ich hab nicht mit dir gesprochen, Arschloch!«, schnauzte Hendryk den Hünen an. Er ließ die Klinge ein Stück rausfahren, griff sich Alex' linkes Ohr und meinte: »Wenn du nicht in fünf Sekunden hier bist, sieht sie aus wie Niki Lauda zu Lebzeiten. Du hast die Wahl.«

Mikey stand auf und ging zögernd zu Alexandra hinüber.

»Du sollst sie anfassen, hab ich gesagt«, wiederholte er. »Dein Bruder hat sich nicht wie 'ne Pussy angestellt.«

Mike fasste sie zaghaft an. Er streichelte ihr über ihre brünetten Haare und die Wange.

»Nicht da, du Bauer! Fass sie richtig an.«

Mit sichtbarem Widerwillen strich er über eine ihrer Brüste.

»Siehste, ist doch nichts dabei.«

Mike wollte sich schon wieder auf seinen Platz setzen, aber Hendryk ließ nicht locker. »Jetzt lass dir den Schwanz von ihr blasen.«

Mike wollte protestieren, sein Blick ging zu Hannes, doch der zuckte nur mit den Achseln.

Auch Melanie mischte sich nicht ein und schaute in eine andere Richtung, als er sie flehentlich ansah.

Hendryk drückte die Klinge so fest an Alex' Ohr, dass Blut auf den Boden tropfte. Alexandra hätte am liebsten geschrien. Das Herz schlug ihr bis zum Hals.

Mike schaute ihr in die Augen und ihr kam es so vor, als wollte er ihr sagen, dass es ihm leidtat. Er ließ seine Hosen fallen und sie begann sein schlaffes Glied mit ihrem Mund zu bearbeiten. Es dauerte eine gefühlte Ewigkeit, bis er einen Steifen bekam.

Als es so weit war, ging Hendryk zu Hannes und beide klatschten sich ab. Dann nahm Hendryk sein Handy, ging um die beiden Akteure herum und filmte sie dabei. Was Alex nicht wusste, war, dass Hendryk den sexuellen Missbrauch von Mikey, wie auch schon bei Hannes festgehalten hatte, um es als Druckmittel benutzen zu können. Sollte einer der beiden einbrechen, würde er sie damit wieder auf die richtige Spur bringen.

Alexandra hatte das Gefühl, dass es Hendryk so richtig geil machte, die anderen zu solchen Sauereien anzustacheln und die geringe Hoffnung, dass diese Nacht nicht in einer Folter enden würde, schwand gänzlich.

Mike zog seinen Penis aus ihrem Mund und Sperma tropfte zu Boden.

»Ha! Wir machen schon noch einen Mann aus dir«, frotzelte Hendryk und Mikey stand ins Gesicht geschrieben, dass er am liebsten im Erdboden versinken würde. Hannes ging zum zur Hälfte mit Bier gefüllten Kühlschrank und brachte seinem jüngeren Bruder ein neues Getränk.

»Scheiße, der Anblick hat mich ganz schön geil gemacht«, meinte Hendryk. »Hannes, räum mal das Sofa frei und du«, er wandte sich an Alexandra, »ziehst dich schon mal komplett aus.«

Die Angst ergriff wieder Besitz von Alex. War es jetzt so weit? Würde er sie vor den Augen der anderen vergewaltigen? Einschreiten würde niemand, da war sie sich sicher, denn dazu hatten alle viel zu viel Schiss. Hannes tat wie ihm aufgetragen und auch Alexandra kam seinem Befehl nach, wenn auch widerwillig.

»Braves Mädchen.« Hendryks Stimme nahm einen seltsamen Klang an. »Es wird dir gefallen.« Und da war wieder sein selbstgefälliges Grinsen.

»Willst du sie etwa hier vor meinen Augen knallen?«, Melanie war die Einzige, die sich nun auflehnte, wenn auch nur aus eigenem Interesse.

»Ich? Nein. Wir beide zusammen«, war seine Antwort. In seinem glasigen, von Kokain umnebelten Blick, stand pure Fleischeslust geschrieben.

»Hat der ganze Schnee deine Birne endgültig weichgekocht? Ich werde …« Ein Schwinger traf sie in den Magen, nahm ihr die Luft und brachte sie zum Schweigen.

»Habs dir heute schon mal gesagt: Rede nicht so mit mir!«, warnte Hendryk seine Freundin.

Alex setzte derweil alles auf eine Karte. Sie rannte zur Tür, öffnete diese und sprintete nach draußen, als sei der Teufel persönlich hinter ihr her. Den gesamten Abend hatte sie schon auf eine passende Gelegenheit gewartet. Eine weitere würde sich vermutlich nicht auftun. Hendryk würde sie beseitigen, so wie er es mit Herrn Reuter am Nachmittag gemacht hatte. Falls sie es bis zum Wald schaffte, würde sie im Dunkel der Nacht eine kleine Chance haben zu entkommen. Das war immerhin eine bessere Alternative, als hier auf ihren Tod zu warten.

Nach nicht einmal hundert Metern stoppte Hannes ihren Fluchtversuch, indem er sich wie ein Footballspieler auf sie stürzte und sie zu Fall brachte.

Hendryk war als Nächster bei ihr. Ein harter Schlag traf sie ins Gesicht. Sie spürte, dass ein Stück Zahn abgebrochen war und wie warmes, metallisch schmeckendes Blut ihren Rachen flutete. Mit der Brutalität eines Neandertalers schleifte er sie an den langen Haaren zurück in die ›Waldesnähe‹.

Alexandra schrie vor Schmerzen und aus Panik vor der anstehenden Sanktion Zeter und Mordio. Die Hoffnung, dass sie an diesem abgelegenen Ort jemand hören würde, der ihr zur Hilfe eilte, hatte sie inzwischen aufgegeben. Ihre Panik wandelte sich in Todesangst. Sie fühlte sich wie ein Lamm, das zur Schlachtbank geführt wurde.

Erst in der ›Waldesnähe‹ angekommen, sprach Hendryk zu ihr: »Ich hab dich gewarnt, Fotze. Hab ich dich nicht gewarnt? Jetzt muss ich dich bestrafen.« Mit einer Handbewegung räumte er in seiner Rage den gesamten Tisch leer. Zahlreiche Flaschen fielen klirrend zu Boden, Melanies Glas ging dabei zu Bruch und der gelbe Inhalt verteilte sich auf dem Fußboden. Unsanft schubste er Alexandra auf den Couchtisch. Er nahm sich einen der Stühle und brach mit einem gezielten Tritt ein Stuhlbein ab.

»Das wird jetzt verdammt weh tun, Bitch, aber das hast du dir selbst zuzuschreiben.«

Das Stuhlbein war etwa fünfunddreißig Zentimeter lang und etwa vier mal vier Zentimeter breit. Wortlos und mit großen Augen standen die anderen drei um den Tisch herum. Niemand traute sich, den Tyrannen in seiner Raserei anzusprechen oder gar von seinem unmenschlichen Vorhaben abzubringen. Wahrscheinlich hätte Hendryk jeden, der es auch nur ansatzweise wagte, mit dem Knüppel in seiner Hand niedergeschlagen.

Alexandra lag nackt mit ihrem Bauch auf dem niedrigen Tisch, mit ihren Armen und Beinen versuchte sie sich hochzustemmen, doch Hendryk stemmte ihr einen seiner Füße aufs Kreuz.

Alexandra schrie wie am Spieß, als er ihr das Stuhlbein erbarmungslos in den Anus rammte. Das war mit Abstand der intensivste Schmerz, den sie je in ihrem Leben erfahren hatte. Dagegen waren selbst die vorangegangenen brutalen Vergewaltigungen kaum der Rede wert. Es war, als würde sie in zwei Hälften gerissen. Ein unbeschreiblich widerliches Gefühl, als würde sie innerlich zerfetzt. Für einen Moment fragte sie sich, ob ihr Schließmuskel gerissen war. Sie war sich sicher, dass sie diese Folter nicht überleben würde und sie wollte es auch gar nicht mehr. Ihr Darm wurde so sehr gedehnt, dass sie meinte, er würde jeden Augenblick reißen. Alexandra sehnte eine erlösende Ohnmacht herbei, die ihr jedoch verwehrt blieb. Über zwanzig Zentimeter tief hatte Hendryk das Bein bereits rektal eingeführt – das skurrile Bild erinnerte an eine Pfählung. Er nahm sein Handy, machte ein Foto seines Werks und wandte sich mahnend an die Runde.

»Ich lass mich von niemandem verarschen! Merkt euch das. Wer sich mit mir anlegt, wird dafür bitter büßen.« Dann zog er den Holzpflock wieder heraus.

Dunkles Blut lief aus Alexandras Darmausgang. Die Region zwischen After und Vagina war gerissen und auch die Rosette wies zahlreiche Fissuren auf. Alexandra hatte sich ihren Qualen ergeben und lag reglos auf dem Tisch. Ihr kam es gar nicht mehr in den Sinn, von hier zu fliehen, ihre Beschwerden waren so extrem, dass sie wünschte, Hendryk würde es hier und jetzt beenden.

Doch der Wahnsinn sollte noch kein Ende finden. Hendryk verschwand nach draußen. Niemand sprach ein Wort, der beispiellose Gewaltakt hatte sie alle schockiert. Alexandras leidvolles Stöhnen ging in den Klängen der Musik unter.

Nach einigen Minuten kehrte Hendryk zurück. In seiner blutigen Hand hielt er einen Hundekopf. Er legte Kurts abgetrennten und lädierten Schädel so auf dem Boden ab, dass Alex ihn gut sehen konnte.

Als sie in die toten Augen ihres geliebten Hundes blickte, ließ sie einen gewaltigen, tiefen Schrei los, der vollkommen entmenschlicht war und nichts mehr mit ihrer ansonsten wohlklingenden und angenehmen Stimme gemein hatte. Alex schloss ihre Augen, um dieser seelischen Grausamkeit und dem bestialischen Höhepunkt ihres Martyriums zu entgehen.

Hendryk zog seine Hose ein Stück herunter und legte sich auf die schwerverletzte junge Frau. Die anderen Jugendlichen senkten beschämt ihre Blicke und Hannes erbrach sich, als Hendryk seinen erigierten Penis in das blutige und stark gedehnte Loch einführte.

# KAPITEL 12

*Am leichtesten erträgt man noch die Gewalt,*
*die man eines Tages selbst auszuüben hofft.*
Joseph Joubert

Die Stimmung war auf dem Tiefpunkt, die schonungslose Brutalität hatte selbst die anderen, wenn auch passiven Anwesenden verstört. Als sich Hendryk von der halb toten Frau erhob, die regungslos und stumm auf dem kleinen Tisch lag, war seine gesamte Körpermitte blutrot gefärbt. Die drei sahen ihn an, als sei er der Leibhaftige persönlich.

»Melanie, Mikey, wenn ich geduscht habe, fahre ich euch nach Hause. Die Party ist vorbei«, beschloss Hendryk. Dann delegierte er an Hannes: »Du bleibst solange hier.«

»Warum?«, fragte sein bester Freund und zeigte achselzuckend auf Alexandra: »Die ist doch eh kaputt.«

»Noch nicht ganz. Ich will kein Risiko eingehen.«

»Na ja, weglaufen wird sie, nachdem was du mit ihr gemacht hast, wohl nicht mehr.«

Hendryk wusste nicht, ob er den Kommentar sarkastisch auffassen sollte oder nicht. Ihm stand der Sinn jedenfalls nicht nach Diskussionen und er fixierte Hannes mit finsterem Blick.

»Mach, was ich dir sage! Ich brauch dich hier später noch … um aufzuräumen.«

Jetzt war es der ansonsten recht stille Mike, der sich an den Anführer wandte. »Was geschieht mit ihr?« Mit einem Kopfnicken deutete er in Alex' Richtung.

Hendryk nervten die Erklärungen. Sie sollten einfach auf ihn hören und keine dämlichen Fragen stellen.

»Dein Bruder und ich kümmern uns um sie.«

Hannes zuckte bei dem Gedanken daran sichtbar zusammen.

»Ich will dabei sein!«, kam es völlig überraschend von Mikey.

Hendryk stellte sich vor ihn, musterte ihn von Kopf bis Fuß und sah ihm direkt in die Augen. *Was willst du kleiner Scheißer hier beweisen?* Hendryk spielte kurz mit dem Gedanken ihm das Beweisvideo seiner Vergewaltigung unter die Nase zu halten und ihm zu verdeutlichen, in welcher Position er sich befand. Doch Hendryk verwarf die Idee, als er sah, welche Entschlossenheit in Mikes Augen aufblitzte. Das war etwas, was seinem stupiden Bruder vollkommen fremd war.

»Sag bloß, dir sind endlich Haare am Sack gewachsen? Bist wohl doch auf den Geschmack gekommen, was?« Hendryk imitierte einen Boxer und schlug ihm mit einem angedeuteten Haken spielerisch gegen den Kiefer.

»Ach, lass nur, Mikey. Fahr mit nach Hause. Wir machen das hier schon.« Hannes war es lieber, wenn sein jüngerer Bruder hier nicht mit reingezogen wurde.

»Wer hat dich denn gefragt? Wenn er bleiben will, dann bleibt er«, fuhr Hendryk ihn an. »Bereite mir lieber noch mal ’ne Line vor. Ich muss ’nen kühlen Kopf bewahren.«

»Nix mehr da. Hast dir schon alles reingezogen.«

Hendryk schlug mit der Faust gegen die Wand. Das machte ihn verdammt noch mal wütend. Das hatte er von seiner Großzügigkeit. Er hatte Hannes, der chronisch pleite war, mitschnupfen lassen und sein gutes Coca geteilt. Es half alles nichts, er brauchte jetzt eine Nase voll. Das Handy immer noch in der Hand, wählte er die Nummer seines Dealers.

»Ich warte am Auto«, gab Melanie von sich, die seit seiner körperlichen Maßregelung kein Wort mehr gesprochen hatte, und verließ den Raum. Ihre Reaktion darauf, dass Hendryk sich neuen Schnee organisierte. Sie hasste es, wenn er sich das weiße Pulver reinzog. Einmal hatte sie ihm wortwörtlich gesagt, dass ihn das Zeug zu einem *egoistischen Wichser* machte – doch dafür hatte sie eine ordentliche Abreibung kassiert.

Hendryk wandte sich wieder an die beiden Brüder. »Bin in etwa eineinhalb Stunden zurück, dann wartet noch ein gutes Stück Arbeit auf uns.« Dann stieg er zu seiner Freundin ins Auto. Sein Ziel war es, sie zu Hause abzusetzen und dann mit Vollgas in die nächste Stadt zu seinem Händler fahren.

***

Hannes erste Amtshandlung, nachdem sein Bruder Alexandra die Beine wieder gefesselt hatte, war, sich ein neues Bier zu öffnen und zügig zu leeren.

Mike baute derweil einen Joint, zündete ihn an und reichte ihn nach drei Zügen an Hannes weiter.

Beim Rauchen sprach Hannes seinen Bruder an. »Ey, Bro, was haste dir bloß dabei gedacht?«

»Was meinst du?«

»Alter, weißt genau was ich mein'. Warum wolltest du bleiben?«

»Warum bleibst *du* hier?« Auf diese Gegenfrage hatte Hannes keine Antwort. Er konnte seinem Bruder ja schlecht erzählen, dass er wahnsinnigen Schiss vor dem unberechenbaren Hendryk hatte. Der Typ war wirklich Hardcore und hatte erst heute Nachmittag skrupellos den alten Reuter um die Ecke gebracht. Es war ihm ein ehrliches Anliegen, Mikey nochmals eindringlich vor ihm zu warnen.

»Kann dir nur sagen, dass es verdammt hässlich werden kann, Digger.« Er nickte in Richtung der noch immer reglosen und nackten Frau.

»Wäre besser für dich, wenn du die Flatter machst, Bro. Was meinste wohl, was Hendryk mit dem Opfer vorhat?«

Mike forderte seinen Bruder mit einer Geste auf, fortzufahren.

»Hendryk wird sie killen, Mann. Glaub mir, so was willste nicht mit ansehen. Das vergisste nie, Bro! Das ist nicht so wie in den Filmen.« Seine drastischen Worte hatten offenbar den gewünschten Effekt.

»Hast recht, werd' mich gleich aufmachen. Ist ein weiter Weg.« Mike holte zwei Gläser aus dem Hängeschrank und teilte den restlichen Wodka aus der nicht zu Bruch gegangenen Flasche brüderlich auf. Er reichte seinem Bruder ein viel zu großes Glas, das gut zur Hälfte gefüllt war und stieß mit ihm an. »Auf diese Nacht …«, murmelte Mike.

Hannes schaute ihn irritiert an, exte die Spirituose und schüttelte sich anschließend. Dann lehnte er sich auf die Couch zurück und rieb sich seine Augen. Der einlullende Effekt von THC und Alk zeigte nun seine Wirkung. Schon mehrfach hatte er Gras geraucht, um vom Kokain runterzukommen, zumindest dann, wenn er es sich leisten konnte. Die Kombination aus Alkohol und Drogen ließ seine Augen schwer werden. Wie gern würde er jetzt noch ein bisschen von Hendryks weißem Gold konsumieren. Damit wäre es kein Problem, wach zu bleiben. Die Uhr an der Wand zeigte, dass es mindestens noch eine Stunde dauern würde, ehe Hendryk zurückkam, also ging er zum Kühlschrank und nahm sich noch ein Bier.

»Und wenn wir sie einfach laufen lassen?«, fragte Mike überraschend.

»Ey, guck sie dir doch mal an, Digger. Die is' hinüber und läuft nirgendwo mehr hin.«

»Ja, sieht so aus. Was wäre, wenn wir dafür sorgen würden, dass sie von hier fliehen kann?«

Hannes starrte seinen jüngeren Bruder überrascht an. War das sein Ernst? Er hatte manchmal einen seltsamen, trockenen Humor und es wäre nicht das erste Mal, dass Hannes einen seiner komischen Witze nicht kapierte.

»Bist du irre, Mann? Hendryk würde uns beide killen!«

»Wahrscheinlich hast du recht.«

Hannes war froh, als er das Thema endlich auf sich beruhen ließ. Er blickte rechts zur Wand hoch, noch fünfzig Minuten. Das langsame Fortschreiten des Uhrzeigers machte ihn nervös. Er nahm einen weiteren Schluck vom eiskalten Gerstensaft, das beruhigte seine Nerven.

***

Alexandra litt unerträgliche Qualen. Die Quelle des Schmerzes war kaum zu lokalisieren, da ihr gesamter gemarterter Körper wehtat, vom Kopf bis zu den Zehen. Sie traute sich nicht, ihre Augen zu öffnen, aus Angst, den abgetrennten Kopf ihres geliebten Hundes sehen zu müssen, denn das war einfach zu viel für sie. Das konnte sie nicht ertragen, denn das war weit mehr, als sie aushielt. Zu ihrer Verwunderung hörte sie eine leise Stimme, aus der nicht die Verachtung sprach.

»Bist du wach?«

Das musste der Jüngste gesagt haben. Mehr als ein Ächzen kam nicht über ihre Lippen.

»Schau mal, hier ist was zu trinken.«

Sie öffnete verwirrt die Augen, mit dieser Überraschung hatte sie nicht gerechnet. Der abgetrennte Kopf war weg. Hatte der Junge das gemacht? Hannes saß mit verschränkten Armen auf dem Sofa, sein Kopf zur Seite gekippt, und schlief tief und fest. Er schnarchte hörbar, daran änderte auch die noch immer laufende Musik nichts.

Mike reichte ihr eine Flasche Wasser. Alex versuchte, sich aufzusetzen, doch der durch das Stuhlbein verursachte Schmerz war zu intensiv.

»Warte, ich hole eine Schere.« Mike ging in die Küche, öffnete eine Schublade und fand offenbar keine. Er kam mit einem geriffelten Messer zurück und säbelte ihre Plastikfesseln auseinander.

»Mein Bruder ist eingeschlafen. Wir dürfen ihn nicht wecken. Ich habe keine Ahnung, wie er reagieren würde.«

Langsam schaffte es Alexandra in den Stand. Stehen tat immer noch verdammt weh, war aber deutlich besser als zu sitzen. Sie trank aus der Flasche und das kühle Wasser fühlte sich gut in ihrem Hals an. Anschließend reichte Mike ihr einen feuchten Lappen, den Alexandra bereitwillig entgegennahm, um sich das angetrocknete Blut im Gesicht und im Schambereich abzuwischen. Dann reichte er ihr die Kleidungsstücke, die sie vorhin hatte ausziehen müssen.

»Wa… Warum … hilfst du mir?«, waren die ersten, leisen Worte, die sie nach der letzten unmenschlichen Folter hervorbrachte. Ihre Stimme klang fragil und es fiel ihr schwer, überhaupt zu sprechen.

»Wir haben keine Zeit zum Reden. In spätestens einer

halben Stunde wird Hendryk zurück sein, du musst schnellstmöglich von hier verschwinden.« Alex schüttelte den Kopf.

»Kann … mich … kaum bewegen«, sprach sie abgehackt. Es war eine realistische Einschätzung. Wie sollte sie von hier wegkommen?

»Du musst!«

»Kann … nicht … mehr.« Und tatsächlich, ihre Qualen waren so unvorstellbar hoch, dass sie drohte, das Bewusstsein zu verlieren.

»Hey! Wach bleiben! Hast du hier irgendwo Schmerzmittel?«

Auf diese Idee war Alex noch gar nicht gekommen. »Ja … in der roten Kulturtasche … im Badezimmer.« Mike kam mit einem Streifen Naproxen, das sie gelegentlich bei Regelschmerzen einnahm, und vier Ibuprofen zurück.

Aufgrund ihres Umstands nahm sie die doppelte Menge ein und spülte zudem noch einige Naproxen mit Wasser hinterher. Ihr war bewusst, dass die Wirkung nicht sofort eintreten würde, dennoch war die Gewissheit tröstend, dass sie bald ein wenig Linderung erfahren würde.

Mike war ihr unaufgefordert beim Ankleiden behilflich. Er stützte sie und gemeinsam gingen sie durch die Tür.

»Du solltest nicht mit dem Auto fahren, da die Chance zu hoch ist, dass Hendryk dir entgegenkommt – es führt nur eine Straße zu dieser Hütte. Am besten fliehst du in den Wald, da sollte er dich nicht finden.«

»Kommst du nicht mit?«, fragte Alex ihn.

»Ich kann nicht. Wenn Hendryk zurückkommt, werde ich so tun, als wäre ich ebenfalls eingeschlafen.«

»Wird er dir etwas antun?«

»Ich schätze nein, jedenfalls nicht so wie dir – hoffe ich.«

Alexandra deutete es so, als würde er sprichwörtlich mit einem blauen Auge davonkommen.

»Du musst jetzt wirklich los!«

Die ersten Schritte ohne Begleitung waren sehr zaghaft, zudem war es äußerst schmerzhaft, doch keimte gleichzeitig auch wieder Hoffnung in Alex auf. Sie musste nur noch von hier verschwinden und war somit einen guten Schritt weiter, diesem unerträglichen Wahnsinn endlich zu entfliehen. Das war ihre letzte Chance, dieses Martyrium zu überleben. Auf der Straße konnte sie nicht bleiben, da Hendryk ihr entgegenkommen könnte. Sie entschied sich für den dunklen und dichten Wald.

»Alexandra? Was ich dir angetan habe, tut mir leid«, entschuldigte sich Mike mit zittriger Stimme und Tränen in den Augen.

Alex wollte ihn umarmen, sich für die tapfere Rettung bedanken und dem Jungen die verdiente Absolution aussprechen. Ihr Gefühl hatte sie nicht getäuscht, er hatte aus Angst vor Repressalien mitgemacht. Sie ging einen qualvollen Schritt auf ihn zu, da drehten sie sich alle beide um. Zwei auf sie zukommende Lichtkegel waren in der Nacht zu erkennen und sie schienen schnell näherzukommen. Ein Adrenalinschub verlieh Alexandra neue Kraft und sie verschwand mit breitbeinigem Schritt im Wald.

***

»Aufwachen, ihr Idioten!«, brüllte Hendryk in den Raum.

Die Brüder schreckten gleichzeitig hoch.

Der Anführer stellte sich vor die beiden. »Ihr Schwachmaten habt sie entkommen lassen!«

»Scheiße!«, entfuhr es Hannes, als er sich schlaftrunken in der Ferienwohnung umsah.

»Ich hab nur fünf Minuten gedöst …« Die Ausrede brachte Hannes einen harten Tritt unter sein Kinn ein. Sein Kopf flog in den Nacken.

»Bist du Vollhonk jetzt wach?«

Keiner der Brüder traute sich etwas zu sagen und Hannes rieb sich sein schmerzendes Kinn.

»Wollt ihr Spastis uns in den Knast bringen?«

Auch Mike kassierte eine Ohrfeige.

Hendryk entdeckte das Messer auf dem Tisch, nahm es und schrie die beiden an: »Ihr gehirnamputierten Bauern! Während ihr ein Nickerchen gehalten habt, hat sich die Schlampe aus ihren Fesseln befreit!«

»Aber weit kann sie nicht gekommen sein, denn sie ist nicht sonderlich gut auf den Beinen«, schlussfolgerte Hannes.

»Wir müssen die Bitch suchen. Du …«, Hendryk wandte sich an Mike und hielt ihm die Messerspitze vors Gesicht, »… gehst zu meinem Auto und holst meine Maglite. Die Nutte ist bestimmt in den Wald. Auf der Straße hätte ich sie auf dem Weg hierher gesehen.«

»Was, wenn sie hinter der Baumgrenze unterwegs ist? Oder sich nicht an die Wege hält?«, wandte Mike ein.

Wuchtig stieß Hendryk das Messer in die Couch, genau zwischen die beiden und drohte ihnen mit funkelnden Augen.

»Seht besser zu, dass wir das Miststück finden, sonst werde ich anstelle von ihr euch beide im Wald verscharren.«

***

Alexandra humpelte mehr durch den finsteren Wald, als dass sie lief. Jede Bewegung verursachte immense Schmerzen und die eingenommenen Schmerzmittel erleichterten ihr diese Tortur nur marginal, doch die Todesangst trieb sie weiter voran. Die vielen trockenen Zweige knackten unter ihren Füßen und immer wieder schlugen ihr Äste wie Peitschenhiebe ins Gesicht oder verursachten Verletzungen an ihren Armen oder Beinen. Sie ärgerte sich darüber, dass sie nicht daran gedacht hatte, sich ein Paar Schuhe anzuziehen, denn der unebene Waldboden mit seinen unzähligen Ästen und Steinchen grub sich unangenehm in ihre Fußsohlen. Wie gern hätte sie jetzt Kurt an ihrer Seite gehabt. Mit dem bis in den Tod loyalen Lebewesen hätte sie sich deutlich sicherer gefühlt. Doch es war keine Zeit mehr für Emotionen, jetzt musste sie ihre eigene Haut retten. Ihr war bewusst, dass sie noch nicht außer Gefahr war. Durch ihre schweren Verletzungen war sie in ihrem Tempo deutlich eingeschränkt, und wenn die jungen Männer die richtige Fährte aufnehmen würden, wäre sie schon bald eingeholt. Sie malte sich dieses Schreckensszenario aus und die Panik, die sie daraufhin erfasste, verlieh ihr weiteren Antrieb.

Etwa zwanzig Minuten später, blieb Alex stehen, stützte sich an einem Baum ab und atmete schwer. Sie hatte die Orientierung verloren und verfluchte sich, dass sie so kopflos gehandelt hatte und nicht auf dem Weg geblieben war. Jetzt irrte sie ziellos durch den dunklen Forst und konnte nicht mal ausschließen, dass sie im Kreis lief. Ein Rascheln im Gebüsch unmittelbar hinter ihr ließ sie aufschrecken, doch es stellte sich als kleines Waldtier heraus, das sie durch die Dunkelheit nicht näher spezifizieren konnte. Alexandra seufzte erleichtert.

Die Verschnaufpause endete jedoch jäh, als sie nicht weit entfernt das Licht einer Taschenlampe durch die Düsternis brechen sah und eine Stimme vernahm, die eindeutig Hendryk zuzuordnen war. Ihre Verfolger waren ihr bereits dicht auf den Fersen. Alexandras Verstand setzte durch die alles durchdringende Furcht aus und sie humpelte so schnell wie es ihr nur möglich war weiter. Es knackte ein weiteres Mal unter ihr. Sie spürte den Lichtstrahl förmlich in ihrem Nacken brennen, als sie Hannes hörte.

»Da vorn! Das ist sie!«

Das Gefühl erwischt worden zu sein, fraß sich durch Mark und Bein. Mit neu gewonnener Kraft kraxelte sie eine Böschung empor und gelangte auf einen Pfad. Ihre Häscher gaben ihr die Richtung vor und sie lief breitbeinig den Weg entlang. Alexandras Augen hatten sich ein Stück weit an die Dunkelheit gewöhnt und sie fragte sich, ob ihr Verstand ihr einen Streich spielte oder ob ihr der Pfad tatsächlich bekannt vorkam. Sie warf einen flüchtigen Blick zurück über die Schulter. Die drei jungen Männer waren nur noch höchstens zehn Meter hinter ihr und holten rapide auf.

»Bleib stehen, du Drecksau!« Das war Hendryk.

Sie spürte seinen warmen Atem im Nacken, ehe sie einen dumpfen Schlag auf den Hinterkopf spürte. Alexandra fiel zu Boden, warmes Blut lief ihr am linken Ohr entlang. Zügig rappelte sich Alex wieder auf und humpelte ein paar Meter weiter, ehe Hendryk, der ihr mühelos im Schritttempo folgte, ihr die Beine wegzog. Abermals fiel Alex, doch der Untergrund hier schien weitaus matschiger zu sein. Plötzlich wusste sie, wo sie war. Es war der See, an dem dieses Arschloch Kurt sie vor wenigen Tagen bedroht hatte. Hier hatte es angefangen – und hier sollte es also auch enden. Sie fühlte sich auf einmal so seltsam niedergeschlagen und so unendlich müde. Alex machte sich gar nicht erst die Mühe, wieder aufzustehen. Ergeben drehte sie sich auf den Rücken und blickte zu den drei Jugendlichen, die sie umkreist hatten. All ihre Hoffnung war aus ihr gefahren. All die Strapazen, all die Schmerzen, alles umsonst. Auch ihr letzter Versuch war kläglich gescheitert. Sie beschwor sich, ihr Schicksal anzunehmen und nicht zu flehen oder gar zu betteln. Diese Genugtuung gönnte sie Hendryk einfach nicht. Trotz der Dunkelheit erkannte sie im schwenkenden Strahl der Taschenlampe Hendryks siegessicheres Grinsen. Er reichte Hannes die schwere Maglite.

»Zeit zu sterben, Bitch!« Er beugte sich zu ihr herunter und riss ihr T-Shirt und Hose vom Leib.

»Will einer von euch beiden noch ein bisschen Spaß mit unserem Gratisfick haben, ehe sie ihre hübschen Augen für immer schließt?«

Da niemand antwortete, wandte er sich an Mike. »Vielleicht willst du ja später noch Zeit mir ihr verbringen, Mikey? Vielleicht stehst du ja auf kalte Fotzen?« Hendryk lachte dreckig, während seine Hände Alexandras Hals umschlossen.

»Das reicht, Hendryk! Lass sie in Ruhe!«, sprach Mike mit leiser, aber entschlossener Stimme.

Hendryk ließ überrascht von der wehrlosen Alex, die nun tief einatmete, ab und postierte sich mit zuckenden Mundwinkeln vor Mikey. »Ach, und was willst du Homo dagegen tun?« Hendryk schubste ihn provokativ.

»Lass ihn, er hats nicht so gemeint. Stimmts Bro?«, versuchte Hannes die Situation zu entschärfen.

Hendryk spuckte als Reaktion für das Einmischen vor Hannes Füße und fixierte nun seinen Bruder.

»Mikey, hast du es so gemeint?«, fragte Hendryk nach.

»Du darfst sie nicht umbringen!« Die eben noch vorhandene Stärke in Mikes Stimme war kaum noch wahrzunehmen. Mike schaute nervös zu seinem Bruder. Wenn der sich mit ihm verbünden würde, könnte dieser Wahnsinn vielleicht doch noch enden.

Hendryk intervenierte, indem er Mike einen wuchtigen Faustschlag auf die Nase verpasste. Knorpel knackten und Mike ging auf die Knie.

»Ihr Spastis haltet jetzt euer Maul! Wir stecken alle gemeinsam bis zum Hals in der Scheiße! Gemeinsam!«

Während Mike am Boden hockte und sich mit zittriger Hand die blutende Nase hielt, nahm Hendryk sein Handy aus der Hosentasche und spielte ihnen zwei Videos vor.

»Ihr habt sie ebenfalls gefickt! Schon vergessen?«

Mike nuschelte daraufhin etwas, was ihm einen harten Tritt von Hendryk einbrachte. Er landete auf dem Rücken und ruderte hilflos wie eine Schildkröte, die auf dem Panzer lag.

Nun schritt Hannes ein, er hielt die Maglite über den Kopf und schrie: »Schluss jetzt! Er hat genug!«

Hendryk grinste herausfordernd. »Du hast nur eine Chance, Wichser. Du solltest besser beim ersten Schlag treffen.« Es war nicht mehr als ein Flüstern. Das Handy hatte Hendryk zwischenzeitlich gegen sein schwarzes Cuttermesser ausgetauscht.

»Wag es, und ich mach nicht nur das Miststück kalt, sondern euch beide gleich mit. Dann schleppe ich eure drei Kadaver in die Hütte und fackle alles ab. Den Bullen erzähl ich, dass ihr beiden Honks damit angegeben habt, mit der kleinen Nutte zu feiern. Letztlich wird im Autopsiebericht stehen, dass ihr Loser mit ’ner Kippe im Maul eingepennt seid und die ganze Bude in Brand gesteckt habt. Klingt plausibel, oder?«

Mike spuckte Blut aus, blieb aber stumm und Hannes stammelte unsicher, nachdem er die Taschenlampe heruntergenommen hatte. »Das … wird dir niemand abkaufen.«

»Alle Welt wird denken, dass ihr sie vergewaltigt und dann ermordet habt. Spätestens dann, wenn anonym eine CD mit zwei geschnittenen Videos bei den Cops eingeht.« Hendryk strahlte übers ganze Gesicht und setzte nach. »Melanie wird meine Version bestätigen. Selbst eure armen, versoffenen Eltern werden denken, dass ihr die Auswärtige gekillt habt.«

Keiner der Brüder erwiderte etwas.

»Dann wäre das also geklärt. Ich rette eure Ärsche, bringe es zu Ende und keiner von uns wird ins Kittchen wandern.«

***

Alexandra lag nackt auf dem Rücken und hatte sich nicht mehr gerührt. Nach diesem ganzen Martyrium gab es für sie ohnehin keine Rettung mehr. Ihr Kampf war vorbei und die letzte Gelegenheit erfolglos vertan. Den Zwist der drei Jugendlichen hatte sie nur mit halbem Ohr verfolgt. Selbst die Kälte, die ihren Körper frösteln ließ, nahm sie kaum wahr.

Brutal zog Hendryk sie nun in den See und tauchte sie unter Wasser. Auch wenn Alex sich ihrem bitteren Schicksal gefügt hatte, meldete sich unwillkürlich ihr Überlebensinstinkt und sie begann, sich mit Armen und Beinen zu wehren. Hendryk ließ sie für einen Augenblick auftauchen und nach Luft schnappen. Durch das Wasser, mit seinen aufgewirbelten Staub- und Schmutzpartikeln schmerzte jeder Atemzug. Dann tauchte er sie wieder unter und das sadistische Spiel begann von vorn. Alexandra atmete Flüssigkeit ein, die beim erneuten Auftauchen starken Hustenreiz verursachte, und sie schluckte abermals Wasser. Auch wenn sie keinen Ton von sich geben wollte, erklang dennoch ein leidvolles Stöhnen. Jedes Mal kurz bevor sie endlich Erlösung finden sollte, zog Hendryk sie wieder aus dem kühlen Nass. Nach geschlagenen zehn Minuten Folter war Alex' Körper erschlafft und Hendryk ließ ihren blassen und geschändeten Leib mit der Strömung ziehen.

***

Hendryk watete zufrieden aus dem Wasser.

Mike stand mittlerweile wieder auf seinen Beinen, hielt sich immer noch seine lädierte Nase und hatte Tränen in den Augen.

Hannes schaute auf den Boden. *Immerhin hat die Lusche dieses Mal nicht gekotzt*, dachte Hendryk schmunzelnd.

»Der See wird unsere Spuren verwischen«, er sprach bewusst von *unseren*, um die beiden Brüder daran zu erinnern, dass sie ebenfalls beteiligt waren.

»Solange wir alle die Klappe halten, kann uns nichts passieren. Wir kehren jetzt zurück zur ›Waldesnähe‹. Sobald wir dort aufgeräumt haben und alle Indizien verschwunden sind, die zu uns führen könnten, gehts ab ins Bett. Wir treffen uns morgen Abend und besprechen alles Weitere.«

# AKT III - KATHARSIS

*Es gibt kein angenehmeres Geschäft,*
*als dem Leichenbegräbnis eines Feindes zu folgen.*
Heinrich Heine

# KAPITEL 13

*Träume haben keine göttliche Natur und keine prophetische Kraft, sondern entstehen durch eindringliche Bilder.*
Epikur von Samos

Das biologische Prinzip der Selbsterhaltung ließ Alexandra aus ihrem kühlen Grab emporsteigen. Mehr tot als lebendig schaffte sie es an das Ufer des Sees, welches wie eine kleine Landzunge ins Gewässer ragte. Die junge Frau wurde wie ein ausrangierter Gegenstand zwischen gestrandetem Treibgut an Land gespült.

Mit ihren letzten Kraftressourcen spie sie auf allen vieren kriechend das Wasser aus ihren Atemwegen sowie der Lunge. Flüssigkeit tropfte ihr aus Mund und Nase, nachdem der kräftezehrende Hustenanfall vorüber war. Der rationale Teil ihres Bewusstseins kehrte mit qualvollen Erinnerungen zurück. Sie dachte an Kurts bitteres Schicksal und an das entsetzliche Grauen, was ihr selbst widerfahren war. Wofür lohnte es sich noch zu leben?

Alex wollte sich zurück in den See stürzen, aber zum einen war sie wahrlich am Ende ihrer Kräfte angelangt und zum anderen fürchtete sie, dass ihr Selbsterhaltungstrieb abermals aktiviert werden und ihr diese Art des Freitods verwehrt bleiben würde.

Ehe es vor ihren Augen flimmerte und die erlösende Schwärze der Ohnmacht sie vereinnahmte, dachte Alex an ihren Vater. Sie konnte ihm nicht mehr unter die Augen treten. Er würde ihr umgehend ansehen, dass etwas ganz Furchtbares vorgefallen sein musste und es würde in Rainer einen Leidensdruck auslösen, der den schmerzvollen Verlust seiner Frau noch übersteigen würde. Was sollte sie ihm antworten, wenn er sich nach Kurt erkundigte? Er liebte den Hund doch ebenso sehr wie sie es getan hatte. Nein, das war ganz und gar keine Option. Es gab kein Zurück mehr. Ihr Leben war ein einziger Scherbenhaufen und nichts, aber auch gar nichts konnte diesen wieder zusammenflicken. Alexandra brach kraftlos auf der matschigen Uferböschung zusammen.

***

Alex schreckte hoch und umgehend durchfuhr sie ein stechender Schmerz, als hätte sie sich verhoben und einen Hexenschuss erlitten. Sie war kaum in der Lage sich zu bewegen. Selbst das Atmen fiel ihr schwer und es kostete sie immense Kraft, sich aufzurichten. Für einen kurzen Wimpernschlag dachte sie, das Vergangene sei nur ein böser Albtraum gewesen und sie wäre endlich daraus erwacht. Doch wo war sie? Sie lag in einem Bett. In einem Krankenhaus?

Das Zimmer, in dem sie lag, war nur spartanisch eingerichtet. In der Mitte stand ein Bett und daneben ein Nachttisch, auf dem eine einsame Kerze brannte. Sie vernahm dezente Entspannungsmusik, sowie einen unverkennbaren Geruch, der sie sofort an ihre Mutter erinnerte. Alexandra erkannte dieses Zimmer und sie wusste nun, wer in genau diesem Pflegebett gelegen hatte.

Sie befand sich in dem Hospiz, in dem ihre Mama ihren letzten Lebensabschnitt verbracht hatte. Diese war vom langen Kampf gegen die Krankheit schwer gezeichnet und wog nicht einmal mehr fünfundvierzig Kilo. Ihr Gesicht wirkte eingefallen und faltig, so als wäre sie bereits achtzig Jahre alt. Ihre einst so schönen brünetten Haare, waren ihr büschelweise ausgefallen und seitdem trug sie meist ein Kopftuch. Auch ihre Zähne waren in Mitleidenschaft gezogen worden und zwei davon waren ihr aufgrund der Bestrahlung bereits ausgefallen. Zudem hatte sich ihr Zahnfleisch stark zurückgebildet. Die einst so anmutige und elegante Frau hatte ihre jugendliche Schönheit eingebüßt.

Die junge Alexandra verstörte der Anblick. Ihre eigene Mutter flößte ihr Angst ein. Sie hatte etwas von Anjelica Huston, in ihrer wahren, hässlichen Gestalt als Oberhexe in *The Witches*. Dieser Film hatte Alex in jungen Jahren sehr verängstigt.

Tief in ihrem Innern empfand sie Zorn. Ja, sie war wütend auf ihre Mama, die sie im Stich gelassen hatte und auch auf ihren Vater, der sich fast ausschließlich bei ihr im Hospiz aufgehalten hatte.

*Ein Kind braucht doch seine Eltern!,* platzte es aus ihr heraus, als die alten Emotionen wieder hochkochten. Sofort hasste und schämte sie sich für ihre eigenen, destruktiven Gefühle, die sie für ihre damals dahinsiechende und leidende Mama empfand. Aber sie war doch noch ein Kind und fühlte sich von den Menschen, die sie am meisten liebte und brauchte, allein gelassen. In den letzten Tagen war Papa kaum von der Seite seiner Frau gewichen, er übernachtete sogar in der Einrichtung. Alexandra schlief während dieser Zeit bei einer Freundin. Mama war kaum noch in der Lage zu sprechen, der Krebs hatte sich mittlerweile vollständig in ihr ausgebreitet und fraß sie innerlich auf. Vater hatte Alex erklärt, dass ihre Mutter nun starke Medikamente einnehmen musste, die sie sehr müde machten. Sie war nur noch selten wach anzutreffen und selbst dann war ihre Mutter so sehr geschwächt, dass sie kaum in der Lage war, sich zu artikulieren. Sie flüsterte meist nur einzelne Worte und die waren zum Teil ohne jeglichen Kontext.

Verwundert blickte Alex, in dem Bett sitzend, an sich herunter. Sie trug ein weißes Kleid. Eine weitere Erinnerung durchfuhr sie, so klar, als wäre es erst gestern gewesen: Sie stand vor dem großen Spiegel an ihrem Kleiderschrank in ihrem Kinderzimmer und trug ein elegantes weißes Kleid. Es war ihr mit glänzenden Perlen veredeltes, traditionelles Kommunionkleid. Ihre Mama hatte ihr noch weiße Handschuhe und ein passendes kleines Handtäschchen dazu gekauft. Alex war so unheimlich stolz, dass sie mit ihren neun Jahren wie eine waschechte Prinzessin aussah. Sie bewunderte sich mit ihrer wunderschönen Hochsteckfrisur im Spiegel und versuchte sich in verschiedenen Posen. Jetzt gleich würde sie die Treppe heruntersteigen und ihre Eltern würden sie unten empfangen. Mama und Papa würde ihr bezaubernder Anblick die Tränen in die Augen treiben.

Irritiert nahm Alex wahr, dass sie das Kommunionkleid von damals trug. Noch verwunderlicher war die Tatsache, dass ihr dieses Kleid tatsächlich passte. *Entweder bin ich gestorben oder das hier ist ein Traum*, schlussfolgerte Alex.

Plötzlich öffnete sich die Zimmertür und ihre Mutter betrat lächelnd den Raum. Alex war perplex, es war nicht das Bild der sterbenskranken Frau, das sich tief in ihr Bewusstsein eingebrannt hatte. Ganz im Gegenteil, sie sah so vital und bildhübsch aus, ganz wie zu der Zeit vor ihrem Leidensweg. Wortlos setzte sich ihre Mutter zu ihr aufs Bett und legte behutsam ihre Arme auf Alex' Schultern. Wie sehr hatte Alex den Geruch ihrer Mama vermisst. Mit leiser Stimme fragte sie: »Bin ich tot?«

Ihre Mutter verneinte und streichelte ihr sanft übers Haar. Diese ganz besondere Vertraut- sowie Geborgenheit, die zwischen einem Kind und seinen Eltern existiert, war sofort wieder präsent und spendete Alex Trost.

»Ich bin so unendlich traurig, Mama. Aber ich kann einfach nicht mehr weinen.«

Ihre Mutter flüsterte ihr ins Ohr. »Ich weiß, mein Schatz.« Dann sagte Alexandras Mama mit einem Lächeln, das anstelle einer Zahnruine strahlend weiße Zähne präsentierte: »Du siehst in deinem Kleid so wunderschön aus.«

Trotz aller Traurigkeit lächelte Alexandra zaghaft zurück.

»Vergiss deinen Rosenkranz nicht«, sagte ihre Mutter mit einem Zwinkern und Alex fiel wieder ein, dass sie ihre *Paternosterschnur* damals in der Kirche vergessen hatte.

Auch wenn ihr die Zuwendung ihrer Mutter guttat, drängten sich Alexandra einige Fragen auf, die einfach aus ihr rausmussten. »Warum bin ich hier in diesem Hospiz? In genau dem Bett, in dem auch du damals gelegen hast?« Die Schlussfolgerung kam Alex logisch vor. »Ich sterbe, oder?«

Ihre Mutter verneinte mit einem Kopfschütteln. Sie gab ihrer Tochter einen Kuss auf die Stirn. »Nein, deine Zeit ist noch nicht gekommen, kleine Prinzessin.«

*Kleine Prinzessin*, diesen Kosenamen hatte ihre Mama häufig benutzt und Alexandra überkam eine wohlige Wärme, dennoch war ihre Neugier nicht befriedigt. »Warum bin ich dann hier?«

Ihre Mutter schenkte ihr ein sanftes Lächeln, das keineswegs von Überheblichkeit geprägt war, sondern so etwas wie Weisheit ausstrahlte.

»Ich … ich verstehe das nicht«, antwortete Alex

wahrheitsgemäß und sah ihre Mutter mit großen Augen an. »Ist es ein Traum?«

Ihre Mutter reagierte auf ihre Frage mit einem weiteren Schmunzeln, doch auch diese Antwort blieb sie ihr schuldig. Alexandra gefiel das alles ganz und gar nicht. Hatte das Erlebte sie etwa verrückt werden lassen? Vielleicht befand sie sich noch in der ›Waldesnähe‹ und sprach mit sich selbst? Oder war das alles ein Traum – und waren Träume nicht der Schlüssel zur Seele? Noch ehe sie diese erschreckenden Gedanken weiterverfolgen konnte, wurde sie mit einer Frage konfrontiert.

»Vor vielen Jahren, als ich mit dir schwanger war, habe ich deinem Vater den Namen Alexandra vorgeschlagen. Weißt du, was er bedeutet?«

»Wenn ich mich recht entsinne, ist er griechischen Ursprungs.«

»Ja, das ist richtig. In der mykenischen Zeit wurde eine Schutzgöttin namens Alexandra verehrt. Dein Vorname bedeutet übersetzt so viel wie *die Verteidigerin, die Schützende*, aber auch *die fremde Männer Abwehrende*.«

Die Worte bewirkten etwas in Alex, die Traurigkeit war zurück und mit ihr der Kloß im Hals. »Ich habe Kurt nicht verteidigen oder beschützen können …«, murmelte Alex nach einer Pause mit schwacher Stimme. Sie blickte erst resigniert zu Boden und dann in die braunen Augen ihrer Mutter. »Und ich konnte mich auch nicht gegen die Männer wehren.«

»Es ist noch nicht vorbei, Alexandra. Du stehst in deinem Leben an einem Scheideweg. Du allein triffst die Entscheidung, welchen Pfad du einschlagen wirst. Du fasst den Entschluss, was und wer du sein möchtest.«

Erbost schnaubte Alex, denn die Worte machten sie wütend. »Welche Möglichkeit bleibt mir denn schon?«

»Hast du denn keine Wahl?«, kam die Gegenfrage und

Alexandra fühlte sich in die Zeit zurückversetzt, als sie bei einem Psychotherapeuten – auf Drängen ihres Vaters hin – einen Termin zur Trauerbewältigung gemacht hatte. Nach einer einmaligen fünfundvierzigminütigen Sitzung war sie nie wieder dorthin gegangen. Ein wunder Punkt war bei ihr getroffen, und so schmetterte Alexandra ihrer Mutter voller Entschlossenheit entgegen: »Ich bin eine starke Frau und ich werde kein Opfer sein!«

Wie von Geisterhand öffnete sich mit einem lauten Knall die Zimmertür und ein weißes helles Licht flutete den gesamten Raum. Der Schein war so grell, dass Alexandra ihre Augen schließen und mit beiden Händen abschirmen musste. Es kam ihr vor, als wenn sie im Sommer ungefiltert in die pralle Mittagssonne geguckt hätte.

***

Es war bereits hell und die Sonne brannte erbarmungslos auf Alexandras Rücken. Einige Fliegen summten um sie herum, als sie ihre Augen öffnete. Sofort waren ihre Schmerzen wieder allgegenwärtig.

Alexandra rappelte sich unter leidvollem Stöhnen auf und humpelte einige Meter weit, ohne dass sie ein konkretes Ziel vor Augen hatte. Der bizarre Traum war noch gegenwärtig, doch versuchte sie es damit abzutun, dass sich ihr Unterbewusstsein nach all dem Gräuel zu Wort meldete und alles irgendwie verarbeiten musste. Der letzte Satz wirkte jedoch in ihr nach.

In Gedanken versunken taumelte sie ziellos die Waldwege entlang. Völlig gleichgültig stellte Alexandra fest, dass sie jeglichen Lebensmut verloren hatte. Es gab für sie keinen Grund mehr, weiterzuleben. Ihr vierbeiniger Gefährte wurde ihr genommen und nach all der Pein, die ihr zugefügt worden war, würde es für sie keine Rückkehr in ein normales Leben mehr geben. Sie konnte zwar die Polizei aufsuchen und Anzeige erstatten, daraufhin würden viele entwürdigende Gespräche und ein langwieriger öffentlicher Prozess folgen. Die Gegenpartei würde ihre Version wohl kaum bestätigen und Alex konnte sich bereits ausmalen, wie die schmierigen Rechtsverdreher daraufhin versuchen würden, aus den Tätern Opfer zu machen. Vielleicht wäre sie sogar noch auf eine positive Richterwillkür angewiesen. Im schlimmsten Fall würde ihr Schicksal sogar medial ausgeschlachtet. In Scharen würden sie sich auf sie stürzen und Alexandra wie eine Hure in ihren reißerischen Sendungen herumreichen.

Es schüttelte sie innerlich und Alex schwor sich: *Dem werde ich mich unter keinen Umständen aussetzen!* Nein, sie war kein Opfer und sie würde nicht an irgendwelchen Traumaverarbeitungstherapien teilnehmen. All die Psychiater, Psychologen und Psychotherapeuten konnten ihr gestohlen bleiben. Sie würde auch nicht nachts in ihr Kissen weinen, unter Albträumen und ständigen Angststörungen leiden. Alexandra wusste, was zu tun war und ihre Gedanken kreisten nicht darum, dass sie es machen würde, sondern lediglich darum, wie sie es anstellen würde. Das Wissen, dass es bald vorbei wäre und all der seelische Schmerz somit endete, bereitete ihr ein befreiendes Gefühl.

In ihrem Kopf ging sie verschiedene Wege durch. Kurz und schmerzlos und vor allem sicher musste es sein. Vor einiger Zeit hatte sie mal einen Artikel über das Thema Suizid mit dem Titel ›Selbstbestimmt leben, selbstbestimmt sterben‹ verfasst. In diesem war sie unter anderem auf Statistiken und Methoden eingegangen, die sich bei Frauen und Männern stark unterschieden.

Sie wurde jäh aus ihren Überlegungen gerissen, als sie plötzlich erkannte, dass sie vor der Ferienwohnung stand.

# KAPITEL 14

*Nicht den Tod sollte man fürchten,*
*sondern dass man nie beginnt zu leben.*
Mark Aurel

Wie konnte das sein? Warum war sie hierher zurückgekehrt? Die ›Waldesnähe‹ war doch der Ort, an dem sie überhaupt erst mit all der Barbarei konfrontiert worden war. War es ein weiterer schrecklicher Streich, den ihr Unterbewusstsein ihr spielte? Beim Gedanken daran, die Ferienwohnung zu betreten, überkam sie eine Welle der Panik. Ihr Herz klopfte ihr bis in den Hals, sie zitterte wie Espenlaub und schwitzte aus allen Poren. Alexandra hatte das Gefühl, dass sie gerade im Begriff war, nicht nur die Kontrolle über ihren Körper, sondern auch ihren Verstand zu verlieren. Ihr Atem raste und sie stand kurz davor zu hyperventilieren. Langsam ging sie in die Hocke, fasste sich an ihre Schläfen, massierte sie und konzentrierte sich auf ihre Atmung. Es dauerte einige Minuten, bis sie sich wieder unter Kontrolle hatte.

Nachdem die unerwartet aufgetretene Panikattacke vorüber war und sie wieder über genügend Selbstsicherheit verfügte, überlegte Alex sich ihr weiteres Vorgehen. Dazu brauchte sie Kleidung, ihre ec-Karte sowie die Autoschlüssel. Ob sie wollte oder nicht, sie musste diese verfluchte Hütte noch einmal betreten.

Da die Jugendlichen davon ausgingen, dass sie ertrunken war, würden sie nicht mehr zur ›Waldesnähe‹ zurückkehren. Nicht, nachdem sie ihre Spuren dort beseitigt hatten.

Alex fasste Mut und griff nach der Türklinke. Die Wohnungstür war nicht abgeschlossen und öffnete sich geräuschlos. Beim Betreten des Feriendomizils überkamen sie blitzartige Erinnerungen. Stroboskopartig sah sie vor ihrem inneren Auge, wie Hendryk und Hannes sie brutal vergewaltigten. Unter enormem Widerwillen konnte sie sich sogar den kratzenden Bart und den Geruch der beiden ins Gedächtnis rufen. Der Tisch im Wohnzimmer brachte weitere, grausamere Bilder zurück.

Sie wendete ihren Blick ab und atmete in langen Zügen tief ein und aus, versuchte sich nicht in die Flashbacks hineinzusteigern. Besonders schlimm war der eingetrocknete Blutfleck am Boden, der von Kurt stammte. Offenbar hatten die Jugendlichen versucht, die Holzdielen zu reinigen, doch das Blut war immer noch sichtbar.

Zielgerichtet ging sie zu ihren Medikamenten, drückte die restlichen Schmerztabletten aus dem Blister und spülte diese mit Wasser aus dem Hahn herunter. Daraufhin fiel sie in das weiche, gemütliche Bett und zog sich die Decke über ihren Kopf. Diese Bewältigungsstrategie hatte sie sich als Kind angeeignet, um Albträumen vorzubeugen.

Nun wartete sie, bis die gewünschte Wirkung der Medikamente eintrat. Nachdem der Schmerz nachgelassen hatte, stieg sie in die Dusche und wusch sich die Schlammkruste von ihrem Körper. Anschließend kümmerte sie sich um ihre Wunden. Dazu musste der Verbandskasten aus dem Auto herhalten. Offenbar hatte Alexandra Glück – sofern man es so bezeichnen wollte –, und der rohe Akt mit dem Stuhlbein hatte keine gravierenden inneren Verletzungen bewirkt, sonst würde sie wohl kaum mehr unter den Lebenden weilen. Auch war sie nicht inkontinent, wie sie zwischenzeitlich befürchtet hatte. Was blieb, waren schmerzhafte Risse in der Analschleimhaut. Nach der Inspektion war sie sich sicher, die körperlichen Auswirkungen würden schon bald verheilen.

Aber das spielte letztlich keine Rolle mehr, denn ihr Entschluss stand fest. Sie würde die nächstgelegenen Apotheken anfahren und sich mit der Höchstmenge an Paracetamol eindecken. Sie würde die bitteren Tabletten schlucken und mit starkem Alkohol nachspülen. Ihre größte Sorge war, dass der Schnaps, den sie ebenfalls noch einkaufen musste, sie zwingen würde, sich zu erbrechen und somit die Wirkung hinfällig machte, schließlich war Alkohol – noch dazu hochprozentig – einfach nicht ihre Welt.

In Hollywoodfilmen schien der Suizid simpel. Der Darsteller legte sich in die mit angenehm temperiertem Wasser gefüllte Badewanne und schnitt sich die Pulsadern auf. Die Realität war jedoch eine gänzlich andere und Alexandra wusste, dass diese Methode nichts für sie war. Sie sah sie sich in der Wohnung um. Die Jungs hatten die Wohnung zwar akribisch aufgeräumt, doch an alles hatten sie nicht gedacht. In der kleinen Gartenanlage fand Alexandra die Überreste und daneben auch den Kopf sowie die abgeschnittene Pfote ihres Hundes Kurt. Vielleicht war der Verbleib Unachtsamkeit oder war auf reine Gleichgültigkeit der Jugendlichen zurückzuführen, schließlich galt ein Tier vor dem Gesetz nicht viel mehr als eine Sache und es waren keine großen Sanktionen von Staatsseite zu befürchten. Selbst wenn Tierquälerei als Straftat galt, kam es sehr häufig anstelle von Freiheitsstrafen zu überschaubaren monetären *Wiedergutmachungen*. Alexandra empfand dies als eine zum Himmel schreiende Ungerechtigkeit und sank auf die Knie. Es war so unwirklich. Kurt sollte jetzt hier draußen herumtollen, doch er lag – verstümmelt und zerteilt – im Garten. Erneut wunderte sie sich, dass sie keinen Weinkrampf bekam. Es tat unheimlich weh, aber nicht eine einzige Träne rollte ihr über die Wangen. Als Alex über das struppige und schmutzige Fell strich, an dem an manchen Stellen Blut eingetrocknet war, sah sie, dass sich bereits Getier in ihrem Kurt eingenistet hatte. Ekel empfand sie keinen, schließlich war Kurt für sie nicht nur ein Haustier, er war ein Familienmitglied.

Hendryk hatte ihrem Hund aus niederen Instinkten heraus das Leben genommen und er kam damit völlig straffrei davon. *Es sei denn …*

Diesen Gedanken wollte Alexandra erst gar nicht weiterverfolgen, ihr *Über-Ich* erlaubte es ihr nicht, war sie doch mit einer tief verwurzelten christlich-katholischen Doktrin aufgewachsen. Eine der Stimmen in ihrem Kopf, sie ordnete diese ihrer Mutter zu, sprach den viel zitierten Bibelvers ›Auge um Auge, Zahn um Zahn‹.

Alex schüttelte sich, in der Hoffnung, diese seltsamen Gedanken abstreifen zu können, denn sie ängstigten sie. Sie fasste die Entscheidung, dass sie dem geschändeten Körper ihres geliebten Hundes eine würdevolle Beerdigung zukommen lassen wollte. In der ›Waldesnähe‹ gab es keine Schaufel oder Spitzhacke, mit denen sie Kurt im anliegenden Wald begraben hätte können. Sie musste wohl oder übel in die nächste Stadt fahren, um die Werkzeuge in einem Baumarkt zu besorgen. Wenn sie die Apotheken wegen der Tabletten sowie eine Tankstelle wegen des Schnaps abklapperte, konnte Alex das in einem Aufwasch erledigen.

Der Gedanke an eine würdige Beerdigung gab ihr neuen Antrieb und so stellte sie sich ihrem Spiegelbild. Darin war kein kleines Mädchen im Kommunionkleid zu erkennen, sondern eine Frau die sichtbar durch die Hölle gegangen war.

Alex konnte auch ihr zugeschwollenes Auge langsam wieder öffnen, dennoch sah sie damit nur wie durch einen Schleier. Sie versuchte die in allerlei Blau- und Violetttönen schimmernden Blessuren im Gesicht so weit wie möglich zu überschminken, setzte anschließend ihre dunkle Sonnenbrille auf und auch ihre Wollmütze, bei der ihre langen Haare durch eine Öffnung an der Oberseite als Zopf durchgeführt wurden. An sich war diese Mütze für die Saison viel zu warm, aber so konnte sie wenigstens die dicke Beule am Hinterkopf gut kaschieren.

Sie nahm ihre Geldbörse sowie den Autoschlüssel und wollte gerade zur Tür, als es klingelte. Schlagartig verkrampfte sich alles in ihr. Das Geräusch ging ihr wie das grässliche Surren eines Zahnarztbohrers durch Mark und Bein. Wer konnte das nur sein? Gedanklich sah sie bereits Hendryk im Türrahmen stehen. Mit zittriger Hand gegen die nächste Panikattacke ankämpfend, öffnete sie die Tür und war erstaunt und zugleich zutiefst erleichtert, als sie Frau Reuter erkannte.

»Guten Tag, Frau Wagner. Verzeihen Sie bitte die Störung.«

Sofort schwante Alex, was der Grund für den Besuch war und was der Dame auf dem Herzen lag.

»Mein Mann ist an Herzversagen gestorben …«

Alex' Puls stieg rapide an und in ihren Schläfen pochte es wie verrückt. Wie gern wollte Alex sich ihr anvertrauen und ihr davon berichten, wie Hendryk ihren Gatten erwürgt hatte. Ihre Aussage würde sich doch bestimmt durch forensische Beweise bestätigen lassen. Aber entgegen ihrer inneren Widerstände ermahnte sie sich zu schweigen, denn sie wusste, dass ihr Schicksal untrennbar mit dem von Herrn Reuter verbunden war. Der alte Kauz war ihr auf den ersten Blick sympathisch gewesen und auch Kurt hatte ihn gemocht. Und jetzt waren die beiden tot. Die Wahrheit würde seiner Frau weder in ihrer Trauer noch beim Einschlafen helfen.

»Oh, das tut mir sehr leid. Ich bin schockiert. Er … er wirkte doch noch so rüstig.« Alex war erstaunt, wie leicht es ihr fiel, die Überraschte zu spielen. »Mein herzliches Beileid.«

»Vielen Dank. Na ja, er war ja nicht mehr der Jüngste.« Frau Reuter zog ihre Nase hoch. »Mir wird sein ständiges Geschnatter fehlen«, stellte sie mit einem tieftraurigen Lächeln fest. Dann erst musterte sie Alexandra mit aus tränengeröteten Augen. »Ist alles in Ordnung bei Ihnen?«, erkundigte sich die rüstige Rentnerin und deutete auf Alex' Gesicht.

Die Sonnenbrille konnte die Hämatome im Gesicht wohl nicht vollständig kaschieren. Alex war froh, dass sie eine lange Hose und ein langarmiges Shirt angezogen hatte, denn die vielen kleinen Schrammen und offenen Stellen, die sie mit Pflastern bedeckt hatte, hätten die Dame sicherlich noch ein Stück weit misstrauischer gemacht.

»Ach, das … Das ist nichts. Nur ein kleiner, dummer Unfall«, beschwichtigte Alex und war froh, dass die Dame sich nicht nach Kurt erkundigte. Frau Reuter reichte ihr einen handgeschriebenen Zettel.

»Geht mich ja auch gar nichts an. Entschuldigen Sie, bitte. Ich bin nur hier, weil ich Ihnen meine Handynummer geben wollte. Der unerwartete Todesfall soll auf Ihren Aufenthalt natürlich keinerlei Auswirkungen haben.«

Alexandra bekundete erneut ihr Beileid, bedankte sich und die beiden Frauen verabschiedeten sich. Nachdem

Frau Reuter außer Sichtweite war, stieg Alex in ihr Auto und suchte mit dem Navigationssystem ihres Handys die nächste Apotheke. Sie fuhr durch das abgelegene Dorf, das ihr vor wenigen Tagen noch so einen harmonischen und friedvollen Eindruck vermittelt hatte. Hier wollte sie sich nach der Trennung von Freund, Freundin und Job neu aufstellen. Diese kleinen, menschlichen Tragödien kamen ihr mittlerweile nur noch lächerlich und belanglos vor.

Als sie an einem heruntergekommenen Kinderspielplatz vorbeifuhr, wurde sie jäh aus ihren Gedanken gerissen und ihr Herz blieb für einen Augenblick stehen. Nicht allzu weit von ihr entfernt standen die drei männlichen Jugendlichen. Hendryk und Hannes saßen auf einem baufälligen Drehkarussell und rauchten. Mike stand ein wenig abseits, seine Nase war geschient. Hendryk hielt tatsächlich einen Hundewelpen auf dem Arm. Die drei hatten offensichtlich Spaß mit dem jungen Hund und schenkten Alex keinerlei Beachtung, während sie mit ihrem auffälligen roten Auto im Schritttempo an ihnen vorüberfuhr. Alexandra erinnerte sich dunkel, dass Hendryk erwähnt hatte, mit dem Gedanken zu spielen, sich einen Kampfhund zuzulegen. Aus der Distanz konnte Alex es nur schwer erkennen, aber es war durchaus möglich, dass es sich bei dem Jungtier um einen American Staffordshire Terrier handelte. Hendryk ließ den Hund herunter und der verspielte Vierbeiner rannte umher. Offensichtlich faszinierten ihn Hendryks Schuhe, sehr zur Freude von Hannes. Das Tier biss spielerisch hinein und Hendryk verpasste dem schwarzen Geschöpf daraufhin einen harten Tritt. Alex konnte das Jaulen des Tieres und die harschen Worte »Hau ab hier, Drecksvieh!« bis in ihr Auto vernehmen. Das war zu viel für Alexandra und sie trat aufs Gaspedal. Sie musste weg von hier. Das Gefühl, das sie beschlich, als sie ihre Peiniger sehen musste, wie sie – nach allem was sie getan, beziehungsweise dessen sie sich mitschuldig gemacht hatten – hier ihren Spaß hatten und herumalberten, war für sich allein genommen schon schlimm genug, aber dass ein weiteres unschuldiges Wesen mit reingezogen wurde, das konnte Alex nur schwer ertragen. Dieses arme Wesen biss – ebenso wie Kurt es gemacht hatte –, liebend gern in Schuhe.

Hendryk war bis ins Mark verkorkst und es würde nicht mehr lange dauern, bis er wieder straffällig wurde – davon war Alexandra fest überzeugt. Kein Gefängnis dieser Welt wäre in der Lage, ihn zu resozialisieren. Diese kaputte und gefährliche Grundhaltung, die er in sich trug, würde er ein Leben lang nicht mehr ablegen. Alex sah vor ihrem geistigen Auge, dass Hendryks verhaltensauffälliger Terrier irgendwann eingeschläfert werden würde, weil er infolge mangelnder und falscher Erziehung zubiss. Von dieser Sorte armseliger Hundebesitzer las man dann in der Zeitung.

Alex war schockiert über ihre aufkeimenden reaktionären Gedanken, die ihr vor Kurzem noch völlig fremd gewesen waren, doch nun erkannte sie darin eine konsequente Logik. Ein skrupelloser Mensch wie Hendryk verdiente in Alex' Augen überhaupt keinen Hund. Sie empfand tiefste Abscheu für dieses sadistische Schwein. Er würde nur weiteres Leid über alle Lebewesen bringen – Tier wie Mensch. Wenn Hendryk und Konsorten von der Erdoberfläche getilgt würden, käme es einer Erlösung gleich.

Sie dachte an den eigenartigen Traum zurück. Der Satz ›Ich bin eine starke Frau und ich werde kein Opfer sein!‹ kam ihr erneut in den Sinn und gewann für sie in diesem Kontext eine völlig neue Bedeutung.

Kurt hatte sie nicht beschützen können, aber für den kleinen Terrier war es noch nicht zu spät. Was hatte sie schon großartig zu verlieren? Ihr Leben würde sowieso schon sehr bald enden. Vor ihrem inneren Auge formte sich eine Idee. Sie könnte die beiden Schweine auf einen Schlag erwischen, dafür müsste sie nur ihren Wagen wenden und mit Vollgas gegen das marode Karussell fahren. Die Kollision würde die Körper ihrer Peiniger zerquetschen. Der kurzzeitig entfachte Kampfgeist verschwand jedoch nach wenigen hundert Metern genauso schnell wieder, wie er aufgetreten war. Auch wenn Hass in ihr loderte – sie war keine Mörderin. Außerdem bestand die Gefahr, dass sie den jungen Rüden unbeabsichtigt tödlich verletzte. Was Alexandra in ihrer Fantasie so schlüssig vorkam, war für sie in der Realität nicht umsetzbar. Sie hielt stattdessen wieder an ihrem alten Plan fest, was für sie paradoxerweise mit einer Enttäuschung einherging.

In der Stadt angekommen, traute sie ihren Augen nicht. An einer Bushaltestelle links von ihr stand Melanie und war Kaugummi kauend mit ihrem Handy beschäftigt. Neben ihr lag ein schwarzer Rucksack auf dem Boden, also war sie tatsächlich noch Schülerin. Wahrscheinlich wartete sie auf ihren Bus, um von der Berufsschule nach Hause zu fahren. Aus einem Impuls heraus bremste Alexandra ab, wendete ihren Wagen und fuhr die Haltestelle auf der anderen Straßenseite an. Melanie blickte hoch und ihre Augen weiteten sich vor Schreck, als sie den roten Lancia erkannte. Alex ließ das Beifahrerfenster herunter und befahl schroff: »Steig ein!«

Melanie war sichtlich schockiert, als hätte sie einen Geist gesehen. Sie versuchte, es sich nicht anmerken zu lassen und starrte konzentriert in eine andere Richtung, woraufhin Alex ihre Worte mit etwas mehr Nachdruck wiederholte. Nun schaute Melanie ihr endlich in die Augen, schüttelte aber energisch ihren Kopf.

»Steig ein, oder ich gehe zu den Bullen!«

In Melanies Kopf ratterte es sichtlich. Nach etwa zehn Sekunden öffnete sie zögernd die Tür und stieg in das Fahrzeug ein.

# KAPITEL 15

*Es ist nicht der Berg, den wir bezwingen*
*– wir bezwingen uns selbst.*
Edmund Hillary

Melanie wirkte keineswegs mehr so selbstsicher, wie während ihrer beider vorangegangenen Begegnungen. Die Situation hatte sie ihre Coolness ablegen lassen. Sie sprach kein Wort und nestelte stattdessen nervös mit gesenktem Blick an ihren künstlichen Fingernägeln herum. Auch Alexandra blieb stumm, doch irgendwann brach Melanie die Stille, die ihr offensichtlich sehr zusetzte.

»Wohin fahren wir?«

Alexandra antwortete nicht und würdigte sie keines Blickes. In ihrem Kopf wimmelte es von Szenen, die an kranken Gewaltfantasien kaum zu übertreffen waren. Eine aufgestaute, unbändige Wut hatte sich in ihr breitgemacht. Es fiel ihr schwer, ihre Emotionen im Zaum zu halten und sie presste ihre Zähne so hart aufeinander, dass es hörbar knirschte.

Melanie versuchte es erneut mit Konversation. »Hör mal, ich weiß, das war Scheiße, was Hendryk mit dir gemacht hat …«

Alexandra drehte ihren Kopf nur kurz nach rechts, und das Funkeln in ihren Augen ließ ihre Beifahrerin augenblicklich verstummen.

»Und das soll es jetzt wiedergutmachen? Ein Hör-mal-ich-habe-jetzt-verstanden-wie-kacke-es-von-uns-war?«, raunte Alex in ihre Richtung und musste über die

Naivität des Teenagers lachen.

»Nee, aber immerhin hast du es überlebt.«

»Erleichtert das dein Gewissen, ja? Ich lebe nur deshalb noch, weil dein Freund zu dämlich war, es vernünftig zu Ende zu bringen.«

Wieder Stille.

»Aber ich hab dir ja überhaupt nichts Schlimmes getan«, flüsterte Melanie nach einer kurzen Denkpause.

In Alexandras Kopf drehten sich die Gedanken. Was dachte sich dieses kleine Miststück eigentlich? Es war unglaublich. Sie besaß offenbar nur eine marginale Fähigkeit zu reflektieren, beziehungsweise ein fehlendes Verständnis dessen, woran sie sich mitschuldig gemacht hatte.

»Du hast mir ins Gesicht gepisst!«, zischte Alexandra, worauf ihre Beifahrerin nichts erwiderte. Tatsächlich schien Melanie die Chuzpe zu besitzen, beleidigt zu sein und zu schmollen.

»Dein Freund hat mich gefangen gehalten und, als ob das noch nicht genug wäre, mich auch noch mehrfach vergewaltigt. Du wusstest davon!«

»Das wusste ich nicht!«, log Melanie eiskalt.

»Ich habe mit angehört, was ihr beiden vor der Tür besprochen habt. Gib dir keine Mühe«, gab Alex preis.

Melanie schien nachzudenken. »Ich hab ja gesagt, dass ich es nicht gut finde!«, war Melanies lautstarke und regressive Reaktion auf die Vorwürfe, die Alexandras rasenden Hass in keinster Weise zügeln konnte, sondern, im Gegenteil, noch anstachelte.

»Dir kleinen selbstgerechten Fotze ist doch scheißegal, was die mir angetan haben. Du hast es mitgetragen und würdest es wieder tun!«

Melanie schaute nun beleidigt aus dem Fenster.

»Dir waren deine eigenen Interessen und deine Eifersucht wichtiger, als ein Menschenleben!« Alex hatte nun eine kristallklare Vision davon, was zu tun war. Sie schaltete das Radio ein und nahm noch eine andere Einstellung am Display vor, die Melanie nicht registrierte.

»Fährst du mich jetzt zur Polizei?«, fragte Melanie kleinlaut und setzte nach: »Meine Eltern werden sicher ausrasten.«

»Nein, keine Polizei«, presste Alexandra durch ihre zusammengepressten Lippen und Melanie seufzte erleichtert auf. »Es gibt Dinge auf dieser Welt, die man nur allein regeln kann.« Alex trat auf das Gaspedal.

Ihre Beifahrerin schaute sie entgeistert an, als sie die vorgeschriebene Geschwindigkeit von fünfzig Stundenkilometern deutlich überschritt.

»Was hast du vor, du verrückte Schlampe?«, schrie das Mädchen neben ihr. Melanie bekam es jetzt mit der Angst zu tun und zeigte wieder ihr wahres Gesicht.

Alexandra lenkte ihr Auto ein wenig nach rechts, um Melanie zu provozieren und ihr die Angst zu lehren, worauf Melanie ihr umgehend ins Lenkrad griff.

Alexandra verpasste ihr einen Schlag ins Gesicht.

Melanie war kurzzeitig verdutzt und fasste sich an die Wange, an der sie getroffen wurde. Dann steigerte sie sich wieder in ihren Wutausbruch und begann zu schreien.

»Halt sofort den verdammten Wagen an und lass mich raus, du blöde Bratze!«

Alexandra lachte sie nur aus, was Melanie noch weiter anstachelte.

Nachdem sie sich im Auto ausgetobt hatte, beruhigte sie sich und sprach in einem eiskalten Ton: »Ich schwör, alte Schabracke, wenn Hendryk davon erfährt, wird er dich endgültig kaltmachen. Ganz langsam und schmerzhaft.« Melanie nahm ihr Handy zur Hand und wollte ihn kontaktieren.

Noch bevor der Wagen auf der Landstraße im Nirgendwo in hohem Tempo mit der rechten Seite gegen einen Baum fuhr, löste Alex Melanies Gurt und der Kopf der jungen Frau krachte mit voller Wucht gegen das Armaturenbrett. Den Airbag auf Melanies Seite hatte Alex vorhin am Display deaktiviert, bei ihr selbst hingegen löste sich das Aufprallkissen aus und bremste ihren eigenen Zusammenstoß mit dem Lenkrad deutlich ab.

Blut tropfte aus einer Platzwunde an Melanies Stirn und es war augenscheinlich, dass der vorsätzliche Crash sie schwer verletzt hatte. Melanie wimmerte einige Worte, die für Alex nahezu unverständlich waren. *Wenn ich sie jetzt in ein Krankenhaus bringe, hat sie gute Chancen den Aufprall zu überleben*, schoss es Alexandra in den Sinn. Aber dann fluteten stakkatoartig Bilder der abscheulichen Gewaltakte, an denen Melanie mindestens ebenso beteiligt war, ihr Gehirn und sie versprach sich, dass es von nun an kein Zurück mehr gab.

Sie startete den Wagen, der tatsächlich beim zweiten Versuch ansprang. Rückwärts fuhr sie ihr stark in Mitleidenschaft gezogenes Auto zurück auf die Straße und bog rechts in den nächstbesten Feldweg ab. Nachdem sie dem unbefestigten Weg zwei Minuten lang gefolgt war, stellte Alex den Motor ab.

Melanie, die jetzt nicht mehr ganz so benommen wirkte, öffnete die Beifahrertür und fiel beim Versuch aus dem Fahrzeug zu fliehen, auf den harten Untergrund.

In aller Seelenruhe stieg Alexandra aus und holte das Radkreuz aus dem Kofferraum, dann ging sie zu Melanie, die auf dem Waldweg auf allen vieren versuchte, von ihr wegzukriechen.

Als Melanie erkannte, dass Alexandra auf sie zukam, drehte sie sich auf den Rücken und flehte: »Bitte … bitte, hör auf damit.«

»Du bittest mich um Gnade?«, Alexandra lachte auf. »Wo war dein Mitgefühl, als dein Freund mich mit einem Stuhlbein gefickt hat?«

Als keine Antwort kam, schlug Alexandra mit dem Kreuzschlüssel zu. Der Schlag zertrümmerte das Schienbein des Mädchens und Melanie schrie aus Leibeskräften. Nachdem sie etwa zwanzig Mal das Wort ›Bitte‹ gesagt hatte, versuchte sie es mit einer anderen Taktik.

»Du … d… du musst das nicht tun«, heulte sie mehr, als das sie sprach. Sie versuchte, auf Händen und Füßen weiter wegzurobben, doch erkannte schnell, dass es keinen Sinn machte, also drehte sie sich wieder auf den Rücken.

»Du hättest diesen ganzen Wahnsinn längst beenden können. Aber du hast dich stattdessen für deinen Freund entschieden und seine menschenverachtenden Taten gedeckt.« Ein weiteres Mal durchschnitt das Radkreuz pfeifend die Luft. Dieses Mal traf das schwere Metall Melanies Schulter und ein weiterer Schrei gellte aus dem Mund des Teenagers.

Mit einem »Aller guten Dinge sind drei!« hielt Alex das Werkzeug mit beiden Händen über ihren Kopf und holte erneut aus. Sie traf das Mädchen auf den Hinterkopf. Ein unangenehmes Knacken war zu hören und Melanie sackte zu Boden. Blut sprudelte aus der Kopfwunde und tropfte auf den Waldboden. Alexandra ließ das blutbeschmierte Werkzeug fallen und drehte die korpulente junge Frau um, sodass sie wieder auf dem Bauch lag. Sie konnte den Anblick von Melanies Gesicht nicht mehr ertragen und kickte mit ihren Outdoor-

Stiefeln das letzte bisschen Leben aus ihr heraus. Sie sprang, stampfte und trat ihr mit den harten Absätzen auf den Kopf und ins Gesicht. Das Knacken und Brechen der Knorpel und Knochen nahm Alex schon nicht mehr wahr. Sie war wie in einem Rausch und tanzte wie eine dämonische Version vom betrogenen Rumpelstilzchen auf Melanies Kopf. Irgendwann brach sie neben dem Leichnam zusammen, völlig aus der Puste und am Ende ihrer Kräfte.

Melanies jugendliches Gesicht war bis zur Unkenntlichkeit entstellt, ihre Zähne fehlten, die Nase war platt, die Augen waren nur noch zwei leere Höhlen und aus dem linken Ohr tropfte dickflüssiges Blut sowie Hirnmasse. Der gesamte Kopf war nur noch eine einzige blutig-rote Masse. Als der Adrenalinschub nachließ und ihre Schmerzen durch die Verausgabung zurückkehrten, musste sich Alexandra eingestehen, dass es ein großartiges und irgendwie auch erhabenes Gefühl war, seinen Gegner so vernichtet zu sehen. Die Stimmen in ihrem Kopf, die ihr zuflüsterten, dass sie eine junge Frau – beziehungsweise ein Mädchen – getötet hatte, wurden unter dem archaischen Geschrei der anderen Stimmen begraben.

Alex ging zurück zu ihrem Auto, schnappte sich Melanies Handy und erkannte, dass das Gerät den Aufprall unbeschädigt überstanden hatte. Sie bediente sich des Daumens der Toten und hatte Glück: Das Mobiltelefon erkannte die biometrischen Daten. In den Einstellungen des Gerätes registrierte sie ihren eigenen Fingerabdruck, um den alleinigen Zugang zu dem iPhone für sich zu beanspruchen. Erst dann zog sie die schwere Leiche weg vom Wegesrand, etliche Meter in den tiefen Wald hinein. Ehe sie die Tote in einem Gebüsch versteckte und mit Ästen und Laub bedeckte, zog sie Melanie nackt aus und machte einige Aufnahmen.

Nachdem sie ihre Stiefel in einer kleinen Quelle im Wald von Blut und Hautfetzen gereinigt hatte, ging Alex zurück zu ihrem Fahrzeug. Sie fuhr wieder zurück in die Stadt, um ihr ursprüngliches Vorhaben in die Tat umzusetzen, auch wenn sich ihr Plan mittlerweile erweitert hatte und sie ihre Erlösung noch ein wenig nach hinten verschieben musste.

Das schleifende Geräusch, das ihr Auto während der Fahrt von sich gab, ignorierte sie ebenso wie die blinkende Kontrollleuchte am Display im Cockpit, die auf einen baldmöglichen Werkstattbesuch hinwies. Das Risiko, mit einem ramponierten Wagen in der Kleinstadt angehalten zu werden, nahm Alexandra bewusst in Kauf. Als Journalistin wusste sie, wie es um die Besetzung der Polizei stand.

Nach dem Abstecher zu den diversen Apotheken sowie einer Tanke, steuerte sie den Heimwerkermarkt an. Zuerst legte sie Werkzeuge für Kurts Begräbnis in den Einkaufswagen und ging dann durch die Reihen des Marktes. Bei dem großen Angebot an Kabelbindern blieb sie stehen und packte eine Hunderterpackung ein. Sie fand auch ein Cuttermesser mit schwarzem Griff, das ebenfalls den Weg in ihren Wagen fand. Im Baumarkt fand sie noch weitere Utensilien, die ihr bei ihrer neuen, erweiterten Mission behilflich sein würden.

***

Der Waldboden war erstaunlich hart und steinig und von kräftigen Wurzeln durchzogen. Der Kraftakt verlangte Alexandra einiges ab. Auch wenn die Schmerzen durch die vorhin eingenommenen Tabletten einigermaßen gedämpft waren, blieben sie ihr Begleiter und jeder einzelne Spatenstich tat weh. Doch das war Alex egal, hier ging es schließlich um ihren Kurt, also biss sie die Zähne zusammen.

Es dauerte fast zwei Stunden bis Alexandra ein Grab ausgehoben hatte, das sie als tief genug empfand. Sie nahm die Überreste ihres Hundes, die sie in zwei Decken gewickelt hatte und übergab sie der Erde. Anschließend füllte sie Kurts letzte Ruhestätte wieder auf. Es dämmerte bereits, als sie mit ihrer schweißtreibenden Arbeit fertig wurde. Ihr mitgebrachtes Wasser war inzwischen warm geworden, doch es spendete ihr dennoch etwas Erfrischung. Nun saß sie über ihrem vierbeinigen, treuen Begleiter und Alex spürte, dass es ihr ein inneres Bedürfnis war, ein paar Worte zu sprechen, um sich von ihrem treuen Gefährten zu verabschieden.

»Oh Kurt. Du weißt, ich bin verdammt schlecht in so etwas.« Alexandra wischte sich den Schweiß von der Stirn. »Philipp hat mich im Streit mal einen emotionalen Krüppel genannt.« Sie stockte. »Okay, lass mich noch mal von vorn anfangen. Mir war bewusst, dass du irgendwann gehen würdest, Kurt. Diese Angst habe ich bereits seit dem Tag, an dem ich dich kennenlernen durfte, mit mir herumgetragen. Ich habe befürchtet, dass du krank werden würdest, oder dass du überfahren werden könntest, aber über die Art, wie es letztlich passiert ist, darüber habe ich mir nie Gedanken gemacht. Glaub mir, Kurt, ich bin so unendlich traurig.« Sie seufzte tief.

»Raymond Chandler hat in *The big Sleep* etwas geschrieben, das mich sehr berührt hat: *›Down these mean streets a man must go who is not himself mean, who is neither tarnished nor afraid. He is the hero; he is everything.‹* Ich glaube, die wahre Bedeutung der Worte offenbart sich mir erst jetzt. Du Kurt, warst es für mich. Ja, du warst alles für mich, mein bester Freund, meine Familie und mein Leben. Ich habe mich noch nie so einsam und allein gefühlt, wie gerade in diesem Augenblick. Ich glaube, das war noch nicht einmal nach dem Tod meiner Mutter der Fall. Diese Leere in mir, die kann nicht mehr gefüllt werden, das ist mir vollkommen bewusst. Es ist, als wäre da ein tiefes Loch. Du musst wissen, dass du mein Leben so unglaublich bereichert hast. Wir zwei waren eine Einheit und du der beste Freund aller Zeiten. Du fehlst mir so sehr, Kurt! Deine Freundschaft war wie ein Geschenk. Du trugst nur reine und ehrliche Liebe in dir. Du kanntest keine Boshaftigkeit, keine Missgunst, keinen Neid und all die anderen Eigenschaften, die uns Menschen ausmachen. Es waren so wundervolle Jahre und diese lehrreiche Zeit mit dir hat mir so unendlich gutgetan. Ich werde an so vieles erinnert, was ich qualvoll vermisse …« Alex musste unterbrechen. Der Kloß im Hals schmerzte so sehr, dass er sie am Weitersprechen hinderte. Es dauerte ein wenig, bis sie ihre Stimme wiederfand. »Ich werde dich so unendlich vermissen. Mir fehlen deine stürmischen und schwanzwedelnden Begrüßungen und wie du dein Gesicht morgens in mir vergräbst, damit ich wach werde. Jetzt ist niemand mehr da, der mich auf Schritt und Tritt verfolgt.« Mit einem lauten Schniefen zog Alexandra ihre Nase hoch.

»Oh Kurt, es ist noch so vieles mehr, noch so unendlich viel mehr. Ich wünschte, ich hätte dir helfen können, als du mich am meisten gebraucht hast. In deinen Augen habe ich es gesehen. Du hast dich im Stich gelassen gefühlt und zwar von dem Menschen, dem du am meisten vertraut und den du über alles geliebt hast. Ich habe dich nicht beschützen können und das kann ich nicht wiedergutmachen. Mir bleibt nur die Hoffnung, dass du mir verzeihen kannst. Ich hoffe inständig, dass du jetzt bei meiner Mama bist – und ja sie wird dich so sehr lieben, wie ich dich geliebt habe.« Eine einzelne Träne lief Alexandra über die Wange und ihre Stimme wurde zittrig. »Aber du wirst nicht lange auf mich warten müssen. Ich hoffe, dass wir uns auf der anderen Seite wiedersehen.«

Das war der Moment, in dem der Damm endlich brach und sie Rotz und Wasser heulte. Ein wahrer Strom an Tränen lief ihr über das Gesicht. Sie weinte aus tiefster Seele und ließ all die Trauer hinaus, die sie in sich trug. Es dauerte eine Weile, bis sich Alex wieder gefangen hatte und in der Lage war zu sprechen. »Diese Dreckschweine werden nie wieder irgendeinem Lebewesen etwas zu Leide tun. So weit wird es nie wieder kommen, Kurt. Dafür werde ich sorgen, das verspreche ich dir.«

Alexandra verharrte noch einige Minuten an dem stillen Platz und schwelgte in schönen, gemeinsamen Erinnerungen. Dann ging sie im Schutz der Dämmerung zurück zur ›Waldesnähe‹. Sie trank ein Glas Wasser aus der Leitung und öffnete sich eine mitgebrachte Dose Ravioli. Nach der Mahlzeit zog sie ihre vielen Pflaster vom Leib, entsorgte diese und stieg erneut unter die Dusche.

Nachdem sie alle Vorbereitungen getroffen hatte, nahm sie Melanies Handy und stöberte durch ihre Kontakte sowie Chatverläufe. Anschließend nahm Alex ihr eigenes Handy zur Hand und sah, dass ihr Vater sich häufig gemeldet hatte. Traurigkeit, ein Gefühl des endgültigen Abschiedes, beschlich sie. Die Zeit war zu knapp bemessen, sich jetzt mit den Nachrichten auseinanderzusetzen, und diese konnten ihre Mission ernsthaft gefährden. Ihr Vater war der Grund, warum sie ihr Telefon überhaupt zur Hand genommen hatte, und sie schrieb ihm, ohne seine Nachrichten gelesen zu haben, dass Kurt und sie ihn über alles liebten und dass es keinen besseren Vater auf der Welt gäbe.

# KAPITEL 16

*Was lange gärt, wird endlich Wut.*
Hanns-Hermann Kersten

Alexandra schaute sich den abgespeicherten Chatverlauf zwischen Melanie und Hannes etwas genauer an und er bestätigte ihre Vermutung, dass Hannes auf Melanie stand. Die beiden flirteten offen via soziale Medien und Hannes nahm dabei den deutlich offensiveren Part ein. *Das wird ein Kinderspiel*, sagte Alex zu sich selbst und schrieb Hannes mit Melanies Handy an.

*»Hey, Lust auf ein Meeting?«*

Es dauerte nur wenige Sekunden, bis sie eine Antwort erhielt.

*»Shit, wo steckst du? Hendryk sucht dich. Der ist auf hundertachtzig.«*

*»Scheiß auf ihn. Ich will mich lieber mit dir treffen.«*

*»Meld dich bei ihm.«*

So leicht war Hannes also nicht zu ködern, doch Alexandra hatte in weiser Voraussicht vorgesorgt und schickte ihm nun ein Bild von Melanie.

*»Geile Hupen!«*, fiel Hannes Reaktion darauf aus, gefolgt von diversen lüsternen Emojis.

Alex musste sich ein irres Kichern unterdrücken, als sie daran dachte, dass es die Brüste einer Toten waren, die Hannes erregten.

*»Wenn du willst, darfst du damit spielen …«*

*»Hendryk würde mich umbringen!«*, antwortete Hannes mit einem wutschnaubenden Smiley, und Alex zweifelte keine Sekunde daran, dass Hendryk das wirklich in die

Tat umsetzen würde. Ihr Gefühl verriet ihr, dass sie Hannes an der Angel hatte.

*»No Risk, no Fun«*, schrieb sie und setzte mit einem zwinkernden Smiley nach.

*»Hendryk und ich sind BFFs.«*

Auch wenn das nach einem Funken Moral aussah, vermutete Alexandra, dass viel eher Angst vor Hendryks Rache dahintersteckte. Hannes fürchtete offenbar die Reaktion seines besten Freundes. Sie entschied sich, Hannes ein wenig aus der Reserve zu locken, indem sie ihn aufzog.

*»Bist du etwa 'ne Scheißschwuchtel?«*

Hannes sendete darauf einen Sticker mit ausgestrecktem Mittelfinger. Jetzt setzte Alex alles auf eine Karte und schickte ein weiteres Bild, dieses Mal von Melanies rasiertem Geschlecht. Darunter schrieb sie:

*»Du kannst alles mit mir machen, was du willst. Komm zur ›Waldesnähe‹.«*

Die Antwort ließ relativ lange auf sich warten und in Alexandra regten sich erste Zweifel, ob ihr Plan funktionieren würde. Vielleicht ließ ihn die Erwähnung des Ortes stutzig werden.

Gerade als sie dachte, sie hätte den Bogen überspannt, ploppte eine weitere Nachricht von Hannes auf, der schrieb, dass er sich jetzt auf sein Fahrrad schwingen und in dreißig Minuten da sein würde. Es lief wie am Schnürchen und der dauergeile Hannes war ihr in die Falle gegangen. *Ewig lockt das Weib*, dachte Alex und musste darüber schmunzeln, wie einfach manche Männer zu manipulieren waren.

***

Hannes trat in die Pedale seines Rennrads. Einer seiner geheimsten Wünsche würde heute Nacht in Erfüllung gehen. Auf Melanie war er schon lange scharf. Klar, sie hatte ein paar Kilos zu viel auf den Rippen und war nicht unbedingt das, was er als Schönheit bezeichnen würde, aber sie hatte irgendetwas an sich, das ihn total antörnte. Vielleicht waren es ihre großen Hupen oder einfach ihre freche und anzügliche Art. Jedenfalls spürte Hannes, wie sich sein Schwanz in freudiger Erregung mit Blut füllte. Es würde ein großartiger Fick werden! Schon oft hatte er sich beim Masturbieren vorgestellt, wie er an ihren fleischigen Brüsten saugte und ihr seinen Pimmel reinschob. Beim Gedanken daran, leckte er sich über die Lippen und gab Vollgas. Nach dem ganzen Stress dieser Woche hatte er sich ein wenig Spaß verdient. *Warum hat Melanie ausgerechnet diese Ferienwohnung ausgesucht?* Beim Gedanken dorthin zurückzukehren wurde ihm mulmig. *Aber wo sollen wir auch sonst hin*? Hendryk würde sie auf jeden Fall nicht an diesem Ort vermuten – und genau darum ging es Melanie wohl dabei. *Cleveres und versautes Mädchen!*, dachte Hannes. Hendryk durfte niemals hinter ihr Geheimnis kommen. Daran hatten weder er noch Melanie Interesse. Kaum auszudenken, wie Hendryk reagieren würde. Wahrscheinlich würde er ihn und Melanie auch abschlachten. Hannes lief es eiskalt den Rücken herunter – er verdrängte diesen unangenehmen Gedanken und malte sich stattdessen lieber aus, wie Melanie ihn wohl empfangen würde. *Verbotene Früchte schmecken am besten*, dachte er schmunzelnd, als er zum Endspurt ansetzte.

Sein Rad stellte er vor der ›Waldesnähe‹ ab. Aufgrund der Dunkelheit und der Fixierung auf Melanie nahm er den großen Schaden am geparkten Lancia nicht wahr und klopfte an die Tür. Da nichts passierte und er auf glühenden Kohlen stand, öffnete er die Tür und rief ein fragendes »Melanie?« in den dunklen Raum. Für einen kurzen Moment dachte Hannes, es wäre eine Art Prüfung von Hendryk, der seine Loyalität testete – und er war mit Pauken und Trompeten durchgefallen. *Behalte die Nerven!*, mahnte er sich zur Ruhe. Er rief noch einmal Melanies Namen in den Raum, doch es blieb weiterhin still. Daraufhin tastete er sich zum Lichtschalter vor und betätigte diesen. Von Melanie war nichts zu sehen, doch auf dem Boden lag eine Camouflage-Cargohose. Hannes wusste, dass Melanie diese oft trug.

»Komm schon raus, ich bin scharf wie Tabasco, Baby!«, frohlockte Hannes. Er ließ seinen Blick durch den Raum schweifen und entdeckte einen BH, der über einer Stuhllehne hing. Er setzte ein breites Grinsen auf. *Was für großartige dicke Möpse!*, schoss es Hannes beim Anblick des schwarzen Büstenhalters durch den Kopf und er massierte seinen Schritt.

»Willst du geiles Stück Verstecken spielen?«

Einige Meter weiter entdeckte er auf dem Sofa einen schwarzen Bodyform-String. Er nahm die Unterhose in die Hand und vergrub erregt seine Nase in das Kleidungsstück. Mit einem angewiderten Gesichtsausdruck – als hätte er auf eine Zitrone gebissen –, zog er seinen Kopf zurück. Er hörte noch wie die Tür des Badezimmers schwungvoll gegen die Wand krachte. Im nächsten Augenblick sah er einen Fäustel auf sich zurasen.

***

»Aaah, mein Kopf …«, brummte Hannes, als er seine Augen aufschlug.

»Ah, der Loverboy ist endlich wach.«

Sein Blick, als er Alexandra erkannte, war unbezahlbar. Alex konnte von seinem Gesicht ablesen, dass er dachte, dass es völlig unmöglich sei und ihr kalter Körper in dem See schwamm.

Nach einigem Überlegen fragte er: »Du lebst?«

»Nein, ich bin tot und wurde zurückgesandt, um mein grausames Schicksal zu rächen!« Alex lachte einsam.

Hannes hingegen versuchte mit aller Gewalt, die Kabelbinder an Händen und Füßen zu lösen – ohne Erfolg. Alexandra hatte ihn ausgezogen und an einen Stuhl gefesselt.

»Spar dir deine Kräfte. Die Fesseln kriegst du nicht ab. Glaube mir, ich habe damit Erfahrung«, feixte Alex.

Der groß gewachsene Teenager ließ tatsächlich von den Kabelbindern ab und erkundigte sich nach Melanie.

»Eine berechtigte Frage.« Alexandra hatte ihm so viel Weitsicht und Grips gar nicht zugetraut. Sie nahm den Slip vom Boden und rieb diesen dem Jüngling ins Gesicht. Hannes musste bei dem intensiven Geruch würgen.

»Nicht so geil, wie du es dir in deiner schmutzigen Fantasie ausgemalt hast, stimmts?« Alex lachte laut auf, als sie erkannte, dass ihm einige inzwischen getrocknete Sprenkel von Melanies Scheiße an der Oberlippe klebten.

»Deine Schlampe hat sich wohl vor Angst ins Höschen gemacht, bevor sie abgenibbelt ist.« Sie nahm Melanies Handy und suchte ein Foto. Ihre Entscheidung fiel auf eine Nahaufnahme von Melanies zertrümmertem Schädel.

Hannes blickte mit großen Augen auf das Bild und stammelte: »D… Das … das ist sie nicht!«

»Ach nein? Und wie komme ich deiner Meinung nach

an ihr Handy und ihre Kleidung, du Spatzenhirn?« Tatsächlich wollte (oder konnte) er es weiterhin nicht wahrhaben und Alexandra trat einen weiteren Beweis an, indem sie ihm ein anderes Foto zeigte, auf dem ihr gesamter Körper zu sehen war. Hannes gab ein leises »*Fuck!*« von sich, ehe er sich auf den Fußboden erbrach.

»Ach, stimmt ja, du hast einen empfindlichen Magen«, kommentierte Alex das Geschehen und filmte ihn dabei.

Das machte ihn wütend und er tobte auf dem Stuhl, beschimpfte sie mit allerlei Schimpfwörtern und belegte sie mit Flüchen.

Schnell langweilte es Alexandra und sie deaktivierte die Videofunktion des Smartphones. Nach einigen Minuten beruhigte Hannes sich wieder. Offenbar wurde ihm jetzt erst der Ernst seiner Situation bewusst und er fragte mit eingeschüchterter Stimme: »Was hast du mit mir vor?«

»Ich werde dir das Leben nehmen, so wie Melanie vor und Hendryk nach dir«, fiel die nüchterne, aber ehrliche Antwort aus. Mit aller Kraft versuchte Hannes, sich aus dieser ausweglosen Situation zu befreien.

»Falls es dir hilft, deinem Bruder werde ich kein Haar krümmen. Aber du hingegen hast dein Leben durch deine Taten verwirkt.«

Ähnlich der Rage vor wenigen Minuten, fing Hannes nun an zu heulen. Er beteuerte, dass es ihm leidtue und er niemals wieder etwas Böses tun würde. Er schwor es erst auf seine Mutter und dann auf Gott.

Alex griff wieder zu Melanies iPhone und filmte das Riesenbaby bei seinem Auftritt. Doch im Gegensatz zu seinem vorangegangenen Tobsuchtsanfall, ließ er sich jetzt von Alexandras Mitschnitt nicht provozieren. Er flehte und bettelte sie an, ihn zu verschonen, er hätte seine Lektion gelernt. Hannes schluchzte und aus seiner

Nase tropfte ein Rotzfaden zu Boden. Anschließend wurde er ganz ruhig und schien nachzudenken. Mit neuem Mut sprach er in die Kamera des Handys.

»Wenn du mich gehen lässt, verspreche ich dir, dass ich zur Polizei gehe und alles gestehe.«

Auf Alex wirkte sein verzweifelter Versuch in diesem Augenblick aufrichtig und sie ging darauf ein.

»Sag mir, was du gestehen willst«, forderte Alexandra ihn auf und sie hielt die Linse der Handykamera auf ihn gerichtet.

»Was wir mit dir gemacht haben! Wir haben dich hier in der ›Waldesnähe‹ zum Sex gezwungen, haben dich missbraucht und dann im Wald umgebracht!« Er setzte ein »Zumindest hat es Hendryk versucht« nach. Alex stoppte die Aufnahme.

»Also, lässt du mich jetzt gehen?« Hannes schaute Alexandra mit großen und erwartungsvollen Augen an.

»Du hättest bei deiner ergreifenden Rede meinen Hund erwähnen sollen. Dann hättest du vielleicht eine Chance gehabt.« Alex wandte sich von ihm ab und ging ins Badezimmer.

»Auch das bereue ich. Ehrlich! Ich wünschte ich könnte es irgendwie rückgängig machen«, brüllte der große Kerl ihr aufgebracht hinterher, doch Alex schenkte ihm keinerlei Beachtung mehr. Sie kam mit einer kleinen Schere in der Hand zurück.

»Weißt du, was das hier ist?«, fragte sie den Gefesselten.

»Bitte nicht. Tu mir das nicht an!«

Doch Alexandra ignorierte sein Betteln und fuhr mit ihrem Vortrag fort. »Das ist eine Nagelschere. Aber nicht irgendeine. Dieses teure Exemplar verfügt über eine gebogene Schneide und ist extrem scharf …«

Jetzt schrie Hannes aus voller Kehle.

Alex schlug ihm ins Gesicht. »Sei jetzt endlich still, verdammt noch mal!«, schrie sie. Doch Hannes, in seiner Angst gefangen, schien sie gar nicht zu hören und grölte inbrünstig weiter. Sie schnappte sich seinen erbärmlichen Penis, der offenbar vor Furcht geschrumpft war und jetzt nicht mehr als ein kleines, armseliges, nutzloses und labbriges Würstchen war.

»Auf einmal gefällt es dir nicht mehr, wenn ich dich anfasse? Aber deshalb bist du doch hergekommen, um dich mit deinem Schwanz zu vergnügen, oder etwa nicht?«

Mehr als ein abgehaktes, schrilles »Nein! Nicht! Bitte! Nicht!«, brachte Hannes nicht zustande.

Alexandra fasste ihm zwischen die Beine. Die Berührung seines Geschlechtsteils löste bei ihr eine Reihe von grausamen Erinnerungen aus. Wutentbrannt öffnete sie die Klingen der Schere und jagte eine davon in seine Harnröhre. Ein Schwall warmen Urins schoss Alex entgegen und benetzte ihr Oberteil.

Hannes erntete einen bitterbösen Blick und entschuldigte sich umgehend. »Es tut mir leid! Es tut mir leid! Es tut mir leid! Es tut mir …«

Alexandra beendete das gebetsmühlenartige Mantra, indem sie seinen Hodensack in die Hand nahm und einen seiner Testikel fixierte. Es sah aus, als würde sie einen Anti-Stress-Ball zusammendrücken. Dann stieß sie die spitze Schere mittig in seinen rechten Hoden. Der Schmerzensschrei aus Hannes' Mund hatte etwas von einem Urschrei, war zudem seltsam schrill und klang nicht wirklich wie der Laut eines Mannes.

»Du glaubst, das hat wehgetan, du Arschloch? Das war erst der Anfang!«

Vor Hannes' Augen ließ sie die Nagelschere zuschnappen, als schneide sie Luft. Dann stieß sie wieder eine der Scherenklingen in seinen Harnkanal.

»Nein! BITTEEE!«

Sein Flehen verstummte, als Alex die Schere schloss. Die scharfe Schneide schnitt durch das Fleisch, als ob es Papier wäre.

Hannes' Penis klaffte auf und der Jungspund schrie wie noch nie zuvor in seinem Leben. Blut schoss aus der Wunde und lief ihm an den Beinen entlang hinunter. Auf dem Boden bildete sich rasch eine rote Pfütze.

Hannes' Kampfgeist erwachte zu neuem Leben und er ereiferte sich: »Du dreckige, schmierige Eiterfotze! Wenn ich hier rauskomme, dann mach ich dich höchstpersönlich alle!« Er spie Gift und Galle und warme Speichelfäden wurden dabei aus seinem Mund geschleudert, als wäre er ein tollwütiger Hund. »Ich werde dich eigenhändig erwürgen und gleichzeitig dabei ficken!«

»Du wirst niemanden mehr ficken«, stellte Alexandra eiskalt fest und schnitt auch die untere Hälfte entzwei, sodass Hannes' Geschlecht vollständig gespalten war. »Zumindest nicht damit.«

Seltsamerweise erfolgte dieses Mal kein weiterer Schrei und auch der kurzzeitige Wutausbruch war vorüber. Hannes hatte es bis jetzt durch Verschließen der Augen oder gezieltes Wegschauen vermieden, sich das Ergebnis von Alexandras brutaler Behandlung anzusehen.

»Sieh dir genau an, was mit Vergewaltigern geschieht!«

Mit geschlossenen Augen drehte er seinen Kopf demonstrativ nach links. Alex packte ihn grob an seinem blonden Haarschopf. »Schau es dir an oder ich steche dir beide Augen aus«, befahl sie.

Hannes schaute nach der ausgesprochenen Drohung nach unten und sah sein geteiltes Glied und die große Menge an Blut, die fast seine gesamten Beine rot eingefärbt hatte. Sein Gesicht wurde kreidebleich und er kotzte eine gelblichgrüne Masse. Danach war er vollständig verstummt. Hannes weinte nicht mehr, appellierte nicht mehr an sie und ging auch auf keine weiteren ihrer Beleidigungen mehr ein.

Für Alex hatte es den Anschein, dass Hannes nun gebrochen war. Wahrscheinlich sehnte er den Tod nach diesem drakonischen Akt ebenso herbei wie sie selbst es getan hatte. Aber Alex war immer noch voller ungezügeltem Hass, da immer wieder die von ihr durchlebte, grausame Tortur in ihrem Kopf aufblitzte.

Draußen, vor der Ferienwohnung, hatten die Jugendlichen den defekten Stuhl entsorgt, Alex schnappte sich diesen und brach nun ebenfalls ein Stuhlbein ab. Sie schnitt die Fesseln auf und schubste Hannes grob von seiner Sitzgelegenheit, sodass er zu Boden fiel. Er zeigte nicht die geringste Gegenwehr, nicht mal als sie ihm die Beine spreizte und ihm das Stuhlbein brutal rektal einführte. Alex musste das Stück Holz drehend in seinen After drücken. In ihrer Fantasie war diese Misshandlung viel einfacher durchzuführen gewesen.

»Jetzt werde ich dir deinen Arsch aufreißen.« Sie vernahm von ihm lediglich ein ganz leises Wimmern und ein kaum hörbares Schluchzen während des demütigenden Akts. Ihre Vorgehensweise war roh und es war ihr gleichgültig, ob sein Darm dabei reißen würde, seine Scheiße in seinen Bauch gelangte und er dabei krepieren würde. Sie wollte ihn schlicht und einfach erniedrigen. Hannes würde sowieso verrecken, dafür würde sie schon sorgen. Da diese entwürdigende Behandlung bei ihm nicht mehr den gezielten Effekt erreichte, beschloss Alex, dass es an der Zeit war, es für ihn zu beenden. Ursprünglich hatte sie für Hannes geplant, ihm mit Sägen aus dem Baumarkt den Kopf abzutrennen, wie es sein bester Freund ihrem Kurt angetan hatte. Aber sie fühlte sich körperlich noch geschwächt und musste mit ihren Kräften haushalten, denn ihr stand noch der Anführer der Clique bevor. Also wählte Alexandra erneut den Fäustel und schlug mehrfach auf Hannes' Kopf ein. Mit jedem wuchtigen Schlag vernahm sie, wie seine Schädelknochen mit einem lauten Knacken brachen. Sie schaute sich ihre blutige Arbeit an: Der Hammer hatte drei faustgroße Löcher in seinem Schädel hinterlassen. Das euphorisierende Gefühl des Triumphs, wie sie es noch bei Melanies Exitus erlebt hatte, wollte sich bei Hannes' Hinrichtung dagegen nicht einstellen. Alexandra fühlte nichts, gar nichts. Sie fragte sich, ob sie durch ihr Martyrium nicht nur jegliches Mitgefühl verloren, sondern auch ihre ganze Menschlichkeit abgelegt hatte. *Ist das der Preis, den ich zahlen musste, um diese Grenze zu überschreiten?*, fragte sie sich. Hatte die Schere, mit der sie Hannes' Unterleib massakriert hatte, zeitgleich auch ihren seidenen Faden der Humanität durchtrennt? Ihr kam Nietzsche mit seiner oft zitierten Textstelle in den Sinn. Ja, sie war zum Monster geworden. Alex verstand nun, wie sehr Menschen abstumpfen konnten, und dass jeder einzelne in der Lage war, die grauenvollsten Dinge anzurichten. In jedem Menschen steckte auch ein Monstrum. Sie fragte sich, ob ihre Absicht zu Töten wirklich edler war, als die ihrer Peiniger. Beruhte das alles nicht auf einer selbstgefälligen Legitimation des eigenen Tuns? Das plötzliche Vibrieren von Melanies Handy riss Alex aus ihrem Gedankengang und sie nahm es hin, dass nun alle Brücken, die zurückführten, endgültig abgebrannt waren. Hendryk rief zum wiederholten Mal an. Sie nahm den Anruf nicht an, sondern schrieb ihm.

*»Komm sofort zur ›Waldesnähe‹. Es geht um Hannes.«*

# KAPITEL 17

*Der Zufall ist der einzige legitime*
*Herrscher des Universums.*
Napoleon Bonaparte

Alex ging zur Wand mit den vielen Jagd-Accessoires. Sie nahm die rostige Tierfalle herunter. *Hoffentlich hat Herr Reuter recht und die Falle funktioniert wirklich,* hoffte Alexandra innerlich. Das Tellereisen platzierte sie vor der sich nach außen öffnenden Wohnungstür und spannte die beiden Eisenbügel über eine Feder. Mit dem rotbraunen Stuhlbein löste sie den Mechanismus zur Probe aus und die gezahnten Bügel schlugen mit einem lauten Klack zusammen. Das Fangeisen funktionierte einwandfrei.

Nachdem Alexandra sich ihr Waffenarsenal zurechtgelegt hatte, drehte sie einige Glühbirnen aus ihren Fassungen und hoffte, dass sich ihre Augen schnell an die Dunkelheit gewöhnen würden. Voller Anspannung wartete sie, bis sie ein Auto anrollen hörte, dessen Licht für einen kurzen Augenblick die gesamte Wohnung erhellte. Adrenalin breitete sich in ihr aus, ihre Hände wurden feucht und ihr Knie weich. Sie wusste, dass sie sich jetzt keinen Fehler erlauben durfte.

Plötzlich pochte es an der Tür und jeder Schlag gegen das Türblatt fühlte sich wie ein Schlag in ihrem Bauch an. *Was soll der Scheiß? Warum klopft das Arschloch an?*, fragte sich Alexandra, als die Tür plötzlich aufschwang. Der, nur schemenhaft zu erkennende Eindringling trat einen Schritt vorwärts und die Tierfalle schnappte zu. Ein markerschütternder Schrei erklang, als der Mann zu Boden ging und die rostigen Zähne sich in sein Bein fraßen.

Alex nutzte den Überraschungseffekt zu ihrem Vorteil und sprang aus ihrem Versteck direkt auf ihren Peiniger. Mit dem anderthalb Kilo schweren Fäustel schlug sie wieder und wieder auf ihn ein, bis die Schmerzensschreie verhallten und er außer Gefecht gesetzt war. Zufrieden sorgte sie dafür, dass die Ferienwohnung wieder über ausreichend Licht verfügte. Vorsichtig näherte sie sich ihrem Gefangenen, der ihr sprichwörtlich in die Falle getappt war. Sie traute ihren Augen nicht, als sie sah, wer ihr da in die Falle gegangen war …

***

Rainer Wagner hatte in den vergangenen Tagen vergeblich versucht, seine Tochter zu kontaktieren. Sie hatte ihm zwar ausdrücklich mitgeteilt, dass sie Zeit für sich benötigte und sie mit Kurt ein paar Tage allein verbringen wollte, doch beschlich ihn dabei ein ganz schlechtes Gefühl. *Ein Vater spürt, wenn eine Tochter ihn braucht*, dachte er sich. Es war untypisch für sie, dass sie sich gar nicht meldete. Zwischen ihm und seiner Tochter herrschte eine Art Seelenverwandtschaft und er konnte ihr für gewöhnlich ansehen, wenn es ihr nicht gut ging. Bei ihrem letzten Besuch war das ganz eindeutig der Fall gewesen. Philipp, ihr Freund (*vielmehr Ex-Freund*, dachte Rainer) hatte ihn angerufen und versucht, Alexandra über ihn zu kontaktieren. Rainer war seiner Tochter gegenüber loyal und er konnte sich denken, dass Philipp der letzte Mensch auf Erden war, den sie sehen wollte. Er war selbst dann standhaft geblieben, als Philipp gestern vor seiner Tür stand und sich – fast aufdringlich – nach dem Aufenthaltsort seiner Tochter erkundigt hatte. Unter Tränen berichtete dieser, was er Alexandra angetan hatte, doch die Beichte erweichte Rainers Herz in keinster Weise, auch wenn er ihm abkaufte, dass es ihm aufrichtig leidtat. *Dieser Armleuchter soll bleiben, wo der Pfeffer wächst!* Seine Tochter hatte jemand Besseren verdient. Auch wenn Philipps Grundintention sicherlich eine egoistische war, so wertete Rainer dessen Sorge um Alexandra als ehrlich. Das machte es für ihn allerdings kaum erträglicher, und als er vorhin die WhatsApp von Alex erhalten hatte, brachte es das Fass für ihn zum Überlaufen. Er stieg in seinen Wagen und fuhr zu dem Ort, den seine Tochter nur ihm anvertraut hatte. Zwischendurch versuchte er weiter – wenn auch erfolglos –, sie ans Telefon zu bekommen. Ihre kurze Meldung ging gar nicht erst auf seine ausführlichen Nachrichten ein und enthielt kein *»Ach, Paps, mach dir keine Sorgen um mich«* oder sonst etwas, was ihn beruhigen hätte können und wie er es von ihr gewohnt war. Rainer fragte sich während der Fahrt, ob sein liebster Mensch auf Erden, sich was antun konnte. *Alex ist definitiv sensibel*, wägte er ab, *aber sie ist auch lebensfroh und eine echte Kämpfernatur! Außerdem würde sie Kurt niemals allein lassen.*

***

»Vater!« Alex rüttelte Rainer an der Schulter, doch er war bewusstlos. Sie hatte ihn im Dunkeln übel zugerichtet, als sie ihn mit dem Hammer attackiert hatte. Er hatte schlimme Platzwunden am Kopf sowie im Gesicht. Über die Schwere der zugefügten Verletzungen konnte Alexandra sich nur ein oberflächliches Bild machen und sie hoffte inständig, dass er keine nachhaltigen Schäden davontragen würde. Die Falle hatte ebenfalls treffsicher zugeschlagen – eine Fraktur des Beines konnte sie nicht ausschließen. Sie löste das Eisen und befreite den Fuß. Nachdem sie ein Geschirrtuch organisiert und mit kaltem Wasser getränkt hatte, legte sie es auf die Stirn ihres Vaters.

Alexandra wollte am liebsten laut aufschreien, als sie hörte, wie ein weiteres Auto vor der Ferienwohnung zum Stehen kam.

# KAPITEL 18

*Ich kenne keinen Unterschied zwischen gerechtem und ungerechtem Töten.*
Arthur Miller

Endlich hatte Hendryk eine Mitteilung von Melanie erhalten. Sie waren für diesen Nachmittag verabredet gewesen und sie war einfach nicht aufgekreuzt. Mel hatte es nicht einmal für nötig befunden, sich bei ihm abzumelden. *Was Derartiges hat sich das kleine Miststück noch nie erlaubt*, ärgerte sich Hendryk. *Wird Zeit, dass ich meiner Pummelfee noch mal 'ne ordentliche Lektion erteile. Sie muss dringend lernen, dass sie so was Respektloses mit mir nicht abzuziehen hat!*

Der Inhalt von Melanies Nachricht hingegen behagte ihm gar nicht und er zog nervös an seiner Zigarette. Was zur Hölle war denn mit Hannes los? Er war auch seit heute Abend nicht mehr zu erreichen und schien wie vom Erdboden verschluckt. Es kam ihm alles ganz schön schräg vor. Hannes war nicht wie er, war einfach ein Softie und aus einem ganz anderen Holz geschnitzt. Hendryk schwante, dass er sich vielleicht in der ›Waldesnähe‹ aufgehängt hatte, weil ihm das Schicksal dieser ›armen, kleinen und unschuldigen Stadtmuschi‹ an die Nieren ging. Hendryk musste beim Gedanken an das Mädchen lächeln, das eine kurze Zeit lang ihm gehört hatte. Allerdings wäre es eine mittelschwere Katastrophe, wenn sich Hannes tatsächlich umgebracht hätte, denn das würde eine Menge Fragen aufwerfen. Fragen, mit deren offizieller Beantwortung er unter keinen Umständen konfrontiert werden wollte. Während Hendryk in seinen BMW stieg und mit sattem Klang aus der Einfahrt rollte, dachte er bereits einen Schritt weiter. Sollte Hannes sich tatsächlich weggehangen haben, war es doch bestimmt möglich, ihm die Sache mit ihrem Fickfleisch in die Schuhe zu schieben. Natürlich nur, sofern es ans Licht kam. *Mel wird mitziehen, aber was ist mit Mikey*?, grübelte er und klopfte sich innerlich auf die Schulter, dass er filmisches Erpressungsmaterial angefertigt hatte.

Ehe er an der ›Waldesruhe‹ angekommen war und aus seinem Wagen stieg, bemerkte er ein fremdes Fahrzeug, dessen Nummernschild er nicht zuordnen konnte, und auch den schweren Frontschaden des Lancias. *Hier stimmt was nicht! Hier stimmt was ganz und gar nicht!*, schoss es ihm warnend durch den Kopf und er war auf der Hut. Er würde da nicht einfach blindlings hineinspazieren, sondern sich erst einmal einen Überblick der Situation verschaffen, indem er vorsichtig durch das große Fenster linste.

Von der Decke baumelte jedenfalls kein Hannes, aber er entdeckte einen alten, auf dem Fußboden liegenden, ihm unbekannten Mann, den es mindestens ziemlich übel erwischt hatte, vielleicht war er auch tot. *Wahrscheinlich ist das der Halter der Karre, die vor der Hütte steht*, reimte er sich zusammen. *Jedenfalls ist der Kerl ein Auswärtiger, definitiv niemand von hier.*

Die Situation wurde immer obskurer und Hendryk hasste es, wenn er nicht Herr der Lage war. Außerdem fiel ihm noch eine große Blutlache auf, in deren Mitte ein Stuhl stand.

Hendryk folgerte daraus, dass Hannes vielleicht wirklich seine Unterstützung benötigte. Er kniete sich unter das Fenster, klingelte mit seinem Smartphone bei Hannes an – und tatsächlich, da drinnen läutete sein Handy, wie er am Klingelton erkannte. *Aber warum geht das lange Elend nicht ran? Wenn er sich nicht in der ›Waldesnähe‹ befindet, wo ist er dann? Und wo zum Teufel ist Melanie?*

Auf die Fragen konnte er keine zufriedenstellenden Antworten finden. Die Sache stank gewaltig zum Himmel. Hendryk hatte die Schnauze voll von dem Versteckspiel, nahm sein Cuttermesser in die Hand und öffnete die Tür.

***

Alexandra konnte sich im Moment nicht weiter um ihren Vater kümmern. Warum musste er auch hier auftauchen, und das auch noch ausgerechnet zu diesem Zeitpunkt? Sie fragte sich, ob sie ihn an seinen Schreien hätte erkennen müssen, doch seine Stimme war aufgrund der enormen Qualen verändert und sie hatte solche Schmerzenslaute von ihrem Vater noch nie zuvor vernommen. *Für Selbstvorwürfe ist jetzt keine Zeit!*, ermahnte sich Alexandra.

Nun musste sie improvisieren, da ihr Plan, Hendryk in die Falle zu locken, gnadenlos gescheitert war. Wenigstens hatte sie vorhin den Leichnam von Hannes rausgeschafft, dorthin, wo die Jugendlichen die Überreste von Kurt hingebracht hatten. Hannes wog irgendwas zwischen achtzig und hundert Kilo, seine Leiche wog gefühlt doppelt so viel. Es war ein kräftezehrender Akt und sie kurz davor gewesen, ihm aufgrund seines Gewichts die Extremitäten mit einer eben neu angeschafften Axt abzutrennen. Alexandra schnappte sich ihren schwarzen Cutter und versteckte sich hinter der Couch. Es dauerte eine Weile, bis Hendryk endlich in die hell beleuchtete Fewo eintrat.

»Hannes?«, rief Hendryk gefolgt von einem »Mel?« durch die ›Waldesnähe‹. Alex konnte aus ihrem Versteck heraus beobachten, wie Hendryk ihrem Vater einen Tritt verpasste und sich dann zu ihm herunterbeugte. Wahrscheinlich, um sich zu vergewissern, ob er noch unter den Lebenden weilte.

Das war der Augenblick, als Alex aus ihrem Versteck sprang und Hendryk, der es gerade noch in den Stand schaffte, mit der scharfen Klinge attackierte. Sie fügte ihm eine lange Schnittwunde am Rücken zu.

Hendryk quiekte wie ein Schwein und sprang zur Seite, um Abstand zu gewinnen. Dann drehte er sich um und war sichtlich verblüfft, als er registrierte, wer da vor ihm stand.

Alex nutzte ihre Chance, wohlwissend, dass Hendryk ihr keine weitere mehr gewähren würde und verpasste ihm einen weiteren Schnitt auf seiner linken Wange. Er taumelte zurück und kam an der Wand hinter ihm zum Stehen. Schmerzerfüllt befühlte er die Wunde und beäugte ungläubig das Blut auf seiner Hand. Seine linke Gesichtshälfte war regelrecht aufgeschlitzt und klaffte auseinander. Hendryks Zunge drang durch den Schnitt nach draußen und gab ein groteskes Bild ab. Er spuckte Blut aus und setzte zum Angriff an.

Alex hatte diesen Zug vorhergesehen und wich zur Seite aus. Wie zwei Boxer tänzelten Hendryk und Alexandra, drehten sich langsam im Kreis und beobachteten einander ganz genau. Hendryk war es, der zuerst das Wort ergriff: »Du hast also überlebt, Fickfresse?« Es war weniger eine Frage als eine Feststellung. »Wer ist der Alte auf dem Boden?«

»Ja, du hättest auf Nummer sicher gehen sollen, dass ich auch wirklich tot bin.«

Hendryk lachte kurz auf und spuckte weiteren roten Lebenssaft aus. Auf seine Frage nach ihrem Vater ging Alex nicht ein.

»Eine weitere Möglichkeit bekommst du nicht, das garantiere ich dir. Ich werde dich von oben bis unten aufschlitzen und dann ausweiden wir ein Tier – oder vielmehr wie einen verlausten Hund!« Hendryk lachte schallend. »Wie hieß dein totes Mistvieh noch gleich? Kurt?« Er wagte einen weiteren Angriff, der ebenso wie der darauffolgende Konter von Alex ins Leere ging.

»Klopf du nur deine großen Sprüche. Zum Schluss wirst du um dein verschissenes Leben betteln …« Alexandra setzte mit einem bösartigen Gesichtsausdruck noch einen drauf: »… genauso wie deine dicke Freundin.«

»Was hast du mit Melanie gemacht?«, schrie Hendryk wutentbrannt. Er war kurz davor, seine Beherrschung zu verlieren. *Gut so*, dachte Alexandra, *bring ihn zu Raserei, dann begeht er Fehler*.

»Ich hab deiner kleinen Bitch den pausbackigen Kopf zertrümmert!«

Hendryk stürmte wie ein Berserker mit Kampfgeschrei nach vorn, doch er verfehlte sein Ziel.

Alexandra hingegen, die seine Reaktion vorausgeahnt hatte, strafte ihn mit einem weiteren Schnitt am Oberkörper.

Hendryk jaulte vor Schmerz und Wut auf, drehte sich jedoch rasch um und griff sie ein weiteres Mal an. Dieses Mal konnte Alexandra nur bedingt ausweichen und er erwischte sie am rechten Arm. Bedingt durch den Adrenalinausstoß, nahm sie es lediglich als Kratzer wahr und provozierte Hendryk weiter.

»Rate mal, was ich mit deinem Vergewaltiger-Freund

gemacht habe!« Dabei stellte sie ein fratzenhaftes Gesicht zur Schau. »Ich habe ihn entmannt und habs ihm ordentlich in den Arsch besorgt, bevor ich ihm seinen Schädel eingeschlagen habe.«

Hendryk nahm sich den Stuhl, der vor ihm stand, warf ihn in Alexandras Richtung und verfehlte sie nur um Haaresbreite.

Alex hingegen setzte alles auf eine Karte und stürzte sich erneut auf Hendryk. Dabei rammte sie ihm den Cutter in den Bauch, wobei die dünne Klinge abbrach.

Hendryk gelang im Gegenzug ein Stich in ihre Flanke, ehe sein schwarzes Cuttermesser aus seiner Hand rutschte und beim Aufprall über den Boden rutschte. Einen kurzen Augenblick lang lag Alexandra auf ihrem Widersacher, bis es Hendryk gelang, den Spieß umzudrehen. Seine Hände umschlossen ihren Hals und er drückte zu. Mit dem jetzt nur noch wenige Zentimeter kurzen Messer stach Alex ihm ein paarmal seitlich in die Rippen, ehe er ihr den Cutter entwendete und wegwarf. Blut tropfte aus Hendryks Wunde an der Wange in Alex' Gesicht. Er würgte sie weiter, seine Hände hatten sie fest im Griff und ihre Gegenwehr beeindruckte den Tyrannen nicht im Geringsten.

Alex spürte, wie ihre Kräfte schwanden und sie immer zunehmend schwächer wurde. Ihre angstgeweiteten Augen traten aus den Höhlen, im Angesicht des Todes wurde sie panisch. Wie sehr hatte Alexandra sich ihren Tod herbeigewünscht, doch nun wollte sie leben, wenigstens so lange, bis sie dieses Dreckschwein endgültig erledigt hatte. *Er hat es nicht verdient, weiterzuleben!*, schrillte es wie eine Alarmglocke in ihr und sie dachte daran zurück, wie er ihren Hund kaltblütig ermordet hatte. Dabei kamen ihr die Worte ›unwertes Leben‹ in den Sinn. Mit neu entfachter Wut griff sie in das glitschige Loch in seinem Gesicht und zog mit letzter Kraft daran.

Hendryk jaulte auf, als ihm die halbe Wange weggerissen wurde und die Hälfte seines Gesichts vom Schädel baumelte. Er ließ von ihr ab und sie nutzte den Moment, um Luft zu holen. Die Lederhaut ihres rechten Auges war blutunterlaufen, da einige Adern im Auge geplatzt waren. Viel Zeit zur Regeneration blieb ihr nicht, denn er verpasste ihr harte Schläge ins Gesicht, die sie benommen machten.

Mit seinen Verletzungen und dem blutnassen, ehemals weißen Muskelshirt sah Hendryk mittlerweile aus, als wäre er dem Filmset von *The Walking Dead* entlaufen. Seine Stimme war durch die schwere Verletzung in seiner Visage ebenfalls in Mitleidenschaft gezogen worden. »Du Mistsau wirst leiden und bitter für das bezahlen, was du mir, Melanie und Hannes angetan hast. Ich werde mir die ganze Nacht für dich Zeit nehmen.« Hendryk kappte ein weiteres Mal ihre Sauerstoffzufuhr, und kurz bevor ihr schwarz vor Augen wurde, ließ er sie wieder atmen. Dann drückte der Sadist erneut zu.

Alex konnte spüren, wie sehr ihn das Quälen antörnte – er bekam eine Erektion.

»Du dreckige Nymphomanin bist doch nur zurückgekehrt, weil du meinen Fick-Schwanz vermisst hast. Ist es nicht so?« Jetzt lag Hendryk mehr auf ihr, als dass er saß und rieb seinen Unterkörper an ihr. Die Dominanz machte Hendryk so richtig geil und Alexandras schlimmster Albtraum schien wahr zu werden. *Er wird mich erneut vergewaltigen*, dröhnte es durch ihren Kopf.

Hendryk setzte sich wieder auf und verpasste ihr noch mal eine Ohrfeige. »Aber keine Sorge, Daddy wird sich gut um dich kü…« Blitzartig versteifte sich Hendryks gesamter Körper, als sich das gezahnte Eisen der Tierfalle in seinen Kopf fraß. Mit weit aufgerissenen

Augen und einem zu einem überraschten O geformten Mund kippte er seitwärts von Alexandra herunter und blieb reglos auf dem Boden liegen.

Alex sah, dass ihr Vater über ihr stand. Er reichte ihr die Hand und half ihr auf die Beine. Obwohl sie und ihr Vater blutbesudelt waren, nahmen sie sich in die Arme und drückten sich. Beide konnten ihre Tränen nicht länger zurückhalten, keiner verlor in dieser Situation ein Wort, aber das war auch nicht notwendig.

Vater und Tochter hielten sich einfach nur fest und weinten gemeinsam.

Plötzlich stand Hendryk hinter Alexandras Vater. Hendryk, der noch immer mit dem Tellereisen verschmolzen war, sah jetzt tatsächlich aus, als wäre er einem Horrorfilm entsprungen. In seiner Hand funkelte die Klinge des schwarzen Cuttermessers, das ihm beim Gerangel aus seiner Hand gerutscht war.

Alexandra löste sich aus der Umarmung, ließ einen erstickten Schrei erklingen und taumelte schockiert einige Schritte rückwärts. Doch es war zu spät. Ehe Rainer sich umdrehen oder gar fliehen konnte, zog Hendryk ihn an den Haaren zurück, setzte den Cutter an und schlitzte ihm beginnend von einem Ohr zum anderen die Kehle durch. Rainer fasste sich verblüfft an den Hals und öffnete mehrmals seinen Mund, ohne jedoch etwas zu sagen. In pumpenden Stößen quoll das Blut ihres Vaters aus der Halsschlagader und benetzte die hysterisch kreischende Alex. Rainer sank auf die Knie und versuchte, die tiefe Wunde mit seinen Händen abzudrücken, während Hendryk ihm einen brutalen Tritt in den Rücken verpasste.

»War das dein alter Herr oder stehst du auf Sugar Daddys? Er hat seiner Schlampentochter ja nicht wirklich helfen können. Hätte sich mal besser von hier ferngehalten.« Hendryk spuckte auf den Sterbenden, der vor ihm lag. »Scheiße, ich komme mir mit dem Ding am Kopf vor wie die dämliche Sau in *Saw*!«, feixte Hendryk. Nun widmete er sich Alexandra, die noch immer gellend schrie. »Dieses Mal wird uns keiner mehr stören und wir zwei haben jetzt Zeit zum Spielen. *All night long*.« Er schlug Alex hart ins Gesicht, worauf ihr Geschrei abrupt erstarb und sie knallte infolge der Gewalteinwirkung mit ihrem Kopf gegen die hinter ihr liegende Wand. Stöhnend rutschte sie daran zu Boden.

»Bring es doch bitte einfach zu Ende«, bettelte sie ihn an.

»Aber nicht doch, wir haben doch gerade erst angefangen.« Dann fuhr seine Klinge senkrecht nach unten ihren Oberkörper entlang und er zog ihr mit einem Ruck das in der Mitte geteilte T-Shirt vom Körper. Ihr BH war ebenfalls zerschnitten und eine Menge Blut floss aus der Wunde.

»Du hast mir alles was ich liebe genommen! Was willst du denn noch von mir?«, wollte Alexandra resigniert und von neuen Schmerzen gepeinigt von Hendryk wissen.

»Da gefiel mir dein Kampfgeist von vorhin aber besser«, höhnte Hendryk. »Ich weiß nicht, was ich zuerst machen soll. Dir ein Grinsen wie Joker in deine Nuttenvisage ritzen oder dir deine Nippel abschneiden.«

Alex nahm die Beule in Hendryks Hose wahr und befürchtete, dass nun der Höhepunkt ihres entsetzlichen Martyriums folgen würde.

»Aber vorher will ich dich noch ein bisschen bluten sehen!« Hendryk fügte der hilf- und wehrlosen Alexandra, die sich schützend die Arme vor ihr Gesicht hielt, weitere tiefe Verletzungen zu. »Vielleicht trenne ich dir auch dein Gesicht vom Kopf und trage es als Maske, so wie dieser Kettensägen schwingende Irre aus Texas«, ging Hendryk amüsiert weitere Optionen durch.

Alexandra wusste, dass Mark Twain recht hatte. *›Von allen Tieren ist der Mensch das einzige, das grausam ist. Keines außer ihm fügt anderen Schmerz zum eigenen Vergnügen zu.‹* Den Begriff Tier, empfand Alex für dieses Monster jedoch als viel zu harmlos.

Hendryk lachte vollends übergeschnappt, während er sie weiter mit dem scharfen Messer bearbeitete. Es war ein Lachen, das in eine Psychiatrie gehörte, nicht jedoch in eine Ferienwohnung. Er steigerte sich in einen wahren Blutrausch und Alexandras Arme sahen mittlerweile schlimmer aus, als der Höhepunkt einer schweren Borderline-Störung. Hendryk ließ nur kurz von ihr ab, um sich seinen Schwanz durch die Hose hindurch zu reiben, dann setzte er sein bestialisches Werk fort.

*Hat diese Bestie wirklich gerade abgespritzt?*, fragte sich Alex angeekelt, während ihr – bedingt durch den Blutverlust – langsam schwarz vor Augen wurde. Um diesem Wahnsinn zu entfliehen, kam ihr eine Ohnmacht sehr gelegen.

Was danach folgte, war für Alex nur schwer nachzuvollziehen, da sie immer wieder wegdämmerte. Irgendjemand musste in die Hütte eingedrungen sein und Hendryk an der Falle zurückgezogen haben – wie eine verrückt gewordene Bestie an den Hörnern –, damit er von ihr abließ. Alex erinnerte sich nur daran, dass sie in ihrem eigenen Blut auf den inzwischen feuchten Holzdielen der ›Waldesnähe‹ lag und Kampfgeräusche vernahm. Sie war zu schwach, ihren Kopf in die Richtung des Handgemenges zu drehen. In dem Wimpernschlag, als sie endgültig das Bewusstsein verlor, beugte sich jemand über sie, doch war die Person nur schemenhaft zu erkennen.

# EPILOG

*Der Tod lächelt uns alle an.*
*Das Einzige was man machen kann, ist zurückzulächeln.*
Marcus Tullius Cicero

An Alexandras Bett standen zwei Menschen und entfernten ihr einen Kunststoffschlauch aus dem Mund, als sie ihre Augen aufschlug. Sie reagierte panisch und wehrte sich noch völlig benommen mit ihren Händen, gegen den Akt, den sie nicht einordnen konnte. Daran änderten auch die gut gemeinten und besänftigenden Worte der Frau und des Mannes nichts. Noch ehe Alexandra merkte, dass sie in etliche Verbandsschichten eingewickelt war, erkannte sie, dass sie sich in einem Krankenhaus – konkret: auf einer Intensivstation – befand. Das machte sie an den vielen Geräten um sich herum fest, von denen sie allerdings keine zuordnen konnte, ausgenommen den Monitor. Das hier war nicht der Tod, das war auch kein Traum. Schockiert stellte Alex fest, dass sie am Leben war. Der junge Mann, offenbar ein Pfleger, wechselte in diesem Moment eine Infusion, als sie mit trockenem Mund ein heiseres Krächzen von sich gab und das erste Wort verschluckte.

»… bin ich?«

»Beruhigen Sie sich, Frau Wagner. Sie sind im Krankenhaus. Was auch immer Sie erlebt haben, es ist nun vorbei.« Die Worte klangen warm und aufrichtig, dennoch stellte sich kein Gefühl der Sicherheit bei ihr ein. *Was weiß dieses Bürschchen schon, was ich hinter mir habe?* Alexandra wollte schleunigst weg und versuchte sich aufzurichten, doch ihre Schmerzen waren zu groß.

»Nein, nicht doch. Sie dürfen noch nicht aufstehen«, informierte sie der Mann mit den kurz geschorenen Haaren und rückte seine Brille auf der Nase zurecht. Er zeigte auf die an einem Ständer aufgehängten Blutkonserven. »Sie haben eine Menge Blut verloren. Aber keine Sorge, das kriegen wir schon wieder hin.« Er setzte ein freundliches Lächeln auf. »Wundern Sie sich nicht, wenn es in Ihrem Hals ein wenig kratzen sollte. Während der Narkose wurden Sie künstlich beatmet.«

Alexandra verstand kein Wort und es war ihr auch egal.

›Wo ist mein Vater?‹, wollte sie fragen, doch ehe sie es aussprechen konnte, traf sie die Erinnerung – begleitet von einer bitteren Erkenntnis – wie ein Schlag. Mit einer allumfassenden Traurigkeit im Herzen, entschied sie sich zu schweigen. *Warum kann ich nicht einfach sterben?* Innerlich seufzte Alex tief und fragte sich, warum sie offenbar mehr Leben als eine Katze hatte. Sie dachte an das grausige Schicksal ihres Vaters, dann an Kurts und auch an ihr eigenes. Sie hatte für dieses Leben verdammt noch mal genug gelitten! Was würde sie dafür geben, wenn sie auf der anderen Seite von ihren Eltern mitsamt Kurt in Empfang genommen würde. Dieses Leben war für sie verwirkt, es hielt sie nichts mehr hier und sie war ihm nur noch überdrüssig. In ihrem Kopf wägte sie mehrere Möglichkeiten ab, die ihr in ihrer neuen und ungewollten Situation noch blieben.

»Neben den zahlreichen äußeren Verletzungen, hatten Sie zudem eine Paracetamol-Vergiftung. Wir können eine irreversible Leberschädigung ausschließen und konnten Sie erfolgreich mit dem Antidot Acetylcystein behandeln.«

Nun gesellte sich auch wieder die Ärztin hinzu. Alexandra hörte den Ausführungen der Medizinerin weniger als halbherzig zu und war mit ihren eigenen Gedanken beschäftigt.

»Das ist nichts anderes als der bekannte Hustenlöser ACC«, gab die Frau mit dem weißen Pagenschnitt ihr Wissen zum Besten.

Ein auffällig lautes Räuspern riss die Ärztin aus ihrem Monolog, und erst jetzt sah Alexandra, dass auf den zwei Stühlen an der weißen kargen Wand zwei Polizisten saßen. Der ältere der beiden, ein schwergewichtiger grauhaariger Mann, der kurz vor der Rente stehen musste, stand mit einem Ächzen von seinem Sitzplatz auf und kam auf sie zu. Der andere Mann mittleren Alters folgte ihm, hielt aber etwa einen Meter Abstand zu seinem Kollegen. Sowohl die Medizinerin als auch der Intensivpfleger traten zur Seite und überließen den beiden Polizisten das Feld.

»Guten Tag, Frau Wagner. Bärlach mein Name. Ich bin Kriminalkommissar.«

Beim Anblick dieses Columbos für Arme zog sich in Alexandra alles zusammen. Sie hatte so sehr gehofft, dass ihr Martyrium nun endlich ein Ende gefunden hätte, aber nicht, dass sie Rede und Antwort stehen und sich letztlich doch für ihre Taten verantworten musste. Alex überlegte, ob sie sich nicht einfach schlafend stellen sollte. In Anbetracht ihrer Situation, konnte ihr das wohl niemand verübeln. Andererseits machte es sie für die Kripo vielleicht verdächtig. Sie entschied sich für ein stilles Nicken und signalisierte dem Polizisten somit, dass er fortfahren solle.

»Wir hätten da einige Fragen an Sie. In und um die ›Waldesnähe‹ haben wir einige stark entstellte Leichen gefunden. Darunter auch Ihren Vater.« Der Kommissar räusperte sich und bekundete kurz angebunden, routiniert statt mit viel Einfühlungsvermögen, sein Beileid.

»Ebenso einige junge Menschen.« Er machte eine gewichtige Pause und taxierte ihr emotionsloses Gesicht, ehe er langsam und betont die Namen aufzählte. »Melanie Schaffrath, Hannes und Mike Stevens …«

*Moment … Mikey war tot? Also war er es, der in die Ferienwohnung gekommen war und sie von Hendryk befreit hatte. Ja, genau so muss es gewesen sein. Aber wenn Mike tot war, dann hieß es im Umkehrschluss, dass Hendryk …* Diesen Gedanken wollte sie nicht weiterverfolgen. Das durfte und konnte doch einfach nicht wahr sein. Doch Kommissar Bärlach bestätigte ihre schlimmste Befürchtung.

»Außerdem untersuchen wir den noch unbekannten Verbleib von Hendryk Hansen.«

Alexandra wollte nur noch schreien, doch der Laut erstickte im Ansatz und der Raum um sie herum, begann sich zu drehen.

# DANKSAGUNG

Wie immer ein fettes Dankeschön an die Verrückten aus dem ›Inner-Circle‹ von REDRUM. Großartige Arbeit, von noch großartigeren Menschen! Besonders hervorheben möchte ich meine Stammlektorin Jasmin Kraft, die sich ein weiteres Mal erfolgreich durch meine (w)irre Gedankenwelt gekämpft hat.

Großer Dank gilt auch Dietmar Herberth, unter anderem für den atmosphärischen Trailer und für sein hilfreiches technisches Know-how. Übrigens, du hast meinen größten Respekt dafür, dass du Wildfang Irina gezähmt hast.

Auch möchte ich mich bei Calle Bachtrup bedanken, der meinen Horizont bezüglich Hip-Hop und vor allem betreffend die Deutsch-Rap-Kultur erweitert hat. Mein Freund, es war … immerhin eine Erfahrung! Danke für deine Mühen und Unterstützung bei der Recherche.

Nicht unerwähnt bleiben sollen meine drei Kollegen unseres Blogs *Horror Fanatic*: Shane Mulligan, Rafael Andres Jehl und Jean Rises. Denkt immer daran: Wir sind jetzt Lifestyler und Influencer im Extrem-Horrorbereich. Macht weiter so. *Spread the disease!*

Mein Dank geht auch an die Baukowski-Maniacs: Mario Gursky (mein Pusher!), Marcel Hill, Jenny Gorr, Saskia Kruck, Claudia Keßler, Elli Wintersun, Thomas Sures und Matthias Ernst. Vielen Dank für euren außergewöhnlichen Support und eure (wirklich nicht notwendigen) Geschenke!

Ich möchte mich noch ganz herzlich bei einem ganz besonderen Menschen bedanken. Du hast mich (unter anderem) eine ganze Menge über Hunde gelehrt. Tag wie Nacht hast du mir mit Ratschlägen, Verbesserungsvorschlägen sowie ehrlicher Kritik zur Seite gestanden. Es hat mir eine Menge Freude bereitet, mit dir gemeinsam Figuren zu entwickeln, auszubauen und auch mal den einfühlsameren (weiblichen?) Teil aus mir sprechen zu lassen, ehe ich die ›Baukowski-Keule‹ hervorgeholt habe. Ich kam mir nicht selten vor wie ein Kind, das sich einen Turm mit Bauklötzen aufbaut, nur um diesen dann einstürzen zu lassen.

Zum Schluss danke ich natürlich – wie immer – meinen Lesern. Ich hoffe ihr wurdet gut unterhalten und die neue humorlose Facette hat euch zugesagt.

Man liest sich.
Cheers.

Baukowski 2019

# VERLAGSPROGRAMM

www.redrum-verlag.de

01 Candygirl: *Michael Merhi*
02 Lilith Töchter, Adams Söhne: *Georg Adamah*
03 Höllengeschichten: *Wolfgang Brunner*
04 Roadkill: *Alex Miller, Joe De Beer*
05 Bad Toys: *Anthologie*
06 Gone Mad: *A.C. Hurts*
07 Mindfucker: *Joe De Beer*
08 All Beauty Must Die: *A.C. Hurts*
09 Runaways: *Alexander Kühl*
10 Love Of My Life: *A.C. Hurts*
11 Klipp Klapp … und du bist tot!: *Mari März*
12 Carnivore: *A.C. Hurts*
13 Lyrica: *Jane Breslin*
14 Der Feigling: *Andreas März*
15 Kinderspiele: *Wolfgang Brunner*
16 Victima: *Sam Bennet*
17 Blutbrüder: *Simone Trojahn*
18 Fuck You All: *Inhonorus*
19 Cannibal Holidays: *Ralph D. Chains*
20 Kellerspiele: *Simone Trojahn*
21 Der Leichenficker: *Ethan Kink*
22 Lyrica – Exodus: *Jane Breslin*
23 Gone Mad 2: *A.C. Hurts*
24 Der Leichenkünstler: *Moe Teratos*
25 Wutrauschen: *Simone Trojahn*
26 Dort unten stirbst du: *Moe Teratos*
27 Fida: *Stefanie Maucher*

28 Die Sodom Lotterie: *Ralph D. Chains*
29 Streets Of Love: *Ralph D. Chains*
30 Er ist Böse!: *Moe Teratos*
31 Franka: *Moe Teratos*
32 Melvins Blutcamp: *Dagny S. Dombois*
33 Frosttod: *Moe Teratos*
34 Franklin: *Stefanie Maucher*
35 Ratz 1 – Mordhaus: *Moe Teratos*
36 Hexentribunal: *Gerwalt Richardson*
37 Ratz 2 – Mordsucht: *Moe Teratos*
38 Voyeur: *Kati Winter*
39 Ratz 3 – Das Mordgesindel: *Moe Teratos*
40 Die Sünde in mir: *A.C. Hurts*
41 Ficktion: *Ralph D. Chains*
42 Das Kinderspiel: *Simone Trojahn*
43 Todesangst im Labyrinth: *A.C. Hurts*
44 Crossend: *Marvin Buchecker*
45 Mörderherz: *Simone Trojahn*
*46* Die Prinzessin: *Simone Trojahn*
47 Doppelpack: *Moe Teratos*
48 Billy – Die Blutlinie: *Gerwalt Richardson*
49 Ratz – 4 Mordversprechen: *Moe Teratos*
50 Selina´s Way: *Simone Trojahn*
51 Infam*: André Wegmann*
52 Ratz – 5 Blutige Ketten: *Moe Teratos*
53 Sinnfinsternis: *Reyk Jorden*
54 Carnivore – Sweet Summer: *A.C. Hurts*
55 Der Schlächter: *Jacqueline Pawlowski*
56 Grandma: *Inhonorus*
57 Billy 2 – Les chants from hell: *Gerwalt Richardson*
58 Endstation Hölle: *Jean Rises*
59 Runaways 2: *Alexander Kühl*
60 Totentanz: *Moe Teratos*
61 Leichenexperimente: *Moe Teratos*

62 Folterpalast: *Gerwalt Richardson*
63 Scary Monsters: *Wolfgang Brunner*
64 Schwarze Mombo: *Baukowski*
65 14 Shades of Unicorns: *Anthologie*
66 Ratz – 6 Blutiger Augenblick: *Moe Teratos*
67 Rabenbruder: *Ralph D. Chains*
68 Rednecks: *Faye Hell, M.H. Steinmetz*
69 Bad Family: *Simone Trojahn*
70 Homali Sagina: *Marie Wigand*
71 Todsonne: *Simone Trojahn*
72 Albino Devil: *André Wegmann*
73 Sommertränen: *Simone Trojahn*
74 Über uns die Hölle: *Simon Lokarno*
75 Weil ich dich hasse: *Simone Trojahn*
76 Der Leichenficker 2: *Ethan Kink*
77 Marvin: *Moe Teratos*
78 Projekt Sodom: *Gerwalt Richardson*
79 Totes Land: *M.H. Steinmetz*
80 Road to Death: *Simone Trojahn*
81 Road of Pain: *Simone Trojahn*
82 Blood Season: *Anthologie*
83 Road´s End: *Simone Trojahn*
84 Wo ist Emily?: *Andreas Laufhütte*
85 Fuchsstute: *Gerwalt Richardson*
86 Kaltes Lächeln: *Simone Trojahn*
87 Das Leben nach dem Sterben: *Simone Trojahn*
88 Paraphil: *Jacqueline Pawlowski*
89 Schicksalshäppchen 2 – Dark Menu: *Simone Trojahn*
90 Schicksalshäppchen 1: *Simone Trojahn*
91 Pro-Gen: *Wolfgang Brunner*
92 Selina´s Way 2: *Simone Trojahn*
93 Tunguska: *U.L. Brich*
94 Ratz – 7 Blutige Bestien: *Moe Teratos*
95 Ausgeliefert an das Böse: *A.C. Hurts*

96 Hof Gutenberg: *Andreas Laufhütte*
97 Bad Toys 2: *Anthologie*
98 Sam – Band 1 Die Jagd: *Gerwalt Richardson*
99 Sam – Band 2 Die Lust: *Gerwalt Richardson*
100 Geständnis 1: *Moe Teratos*
101 Geständnis 2: *Moe Teratos*
102 Moonshine Games: Jutta Wölk
103 Cannibal Holidays 2 - Reborn: *Ralph D. Chains*

**REDRUM CUTS**

01 Bizarr: *Baukowski*
02 50 Pieces for Grey: *A.M. Arimont*
03 Koma*: Kati Winter*
04 Rum und Ähre: *Baukowski*
05 Hexensaft: *Simone Trojahn*
06 Still Morbid*: Inhonorus*
07 Fuck You All - Novelle: *Inhonorus*
08 Das Flüstern des Teufels: *A.M. Arimont*
09 Kutná Hora: *André Wegmann*
10 Die Rotte: *U.L. Brich*
11 Blutwahn: *André Wegmann*
12 Helter Skelter Redux: *A.M. Arimont*
13 Badass Fiction*: Anthologie*
14 Bloody Pain: *Elli Wintersun*
15 In Flammen: *Stefanie Maucher*
16 Denn zum Fressen sind sie da: *A.C. Hurts*
17 Die Chronik der Weltenfresser: *Marvin Buchecker*
18 Psychoid: *Loni Littgenstein*
19 Geisteskrank: *Marc Prescher*
20 Sweet Little Bastard: *Emelie Pain*
21 Süchtig nach Sperma: *Marco Maniac*
22 Badass Fiction 2019*: Anthologie*

JUTTA WÖLK
Thriller
GAMES
MOONSHINE
REDRUM

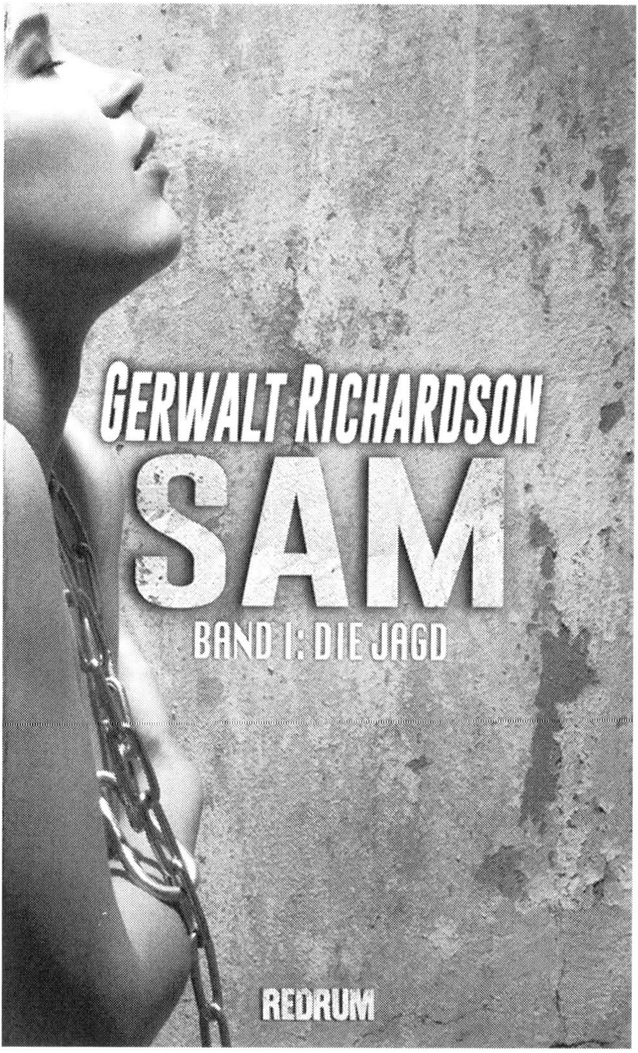
GERWALT RICHARDSON
SAM
BAND 1: DIE JAGD
REDRUM

ANDREAS
LAUFHÜTTE
THRILLER
WO IST EMILY?
Name: Emily Miller
Geschlecht: Weiblich
Alter: 11
Haarfarbe: Dunkelblond/Rotstich
Augenfarbe: Blaugrün
Größe: 140 cm
Zuletzt gesehen: Curnie Falls Middle School
Kleidung: Graues T-Shirt, New Balance Turnschuhe mit goldenen Spitzen, schwarze Shorts.
HINWEISE: Büro des Sheriffs!
REDRUM

JACQUELINE
PAWLOWSKI
PARA
DUIL
PSYCHOTHRILLER

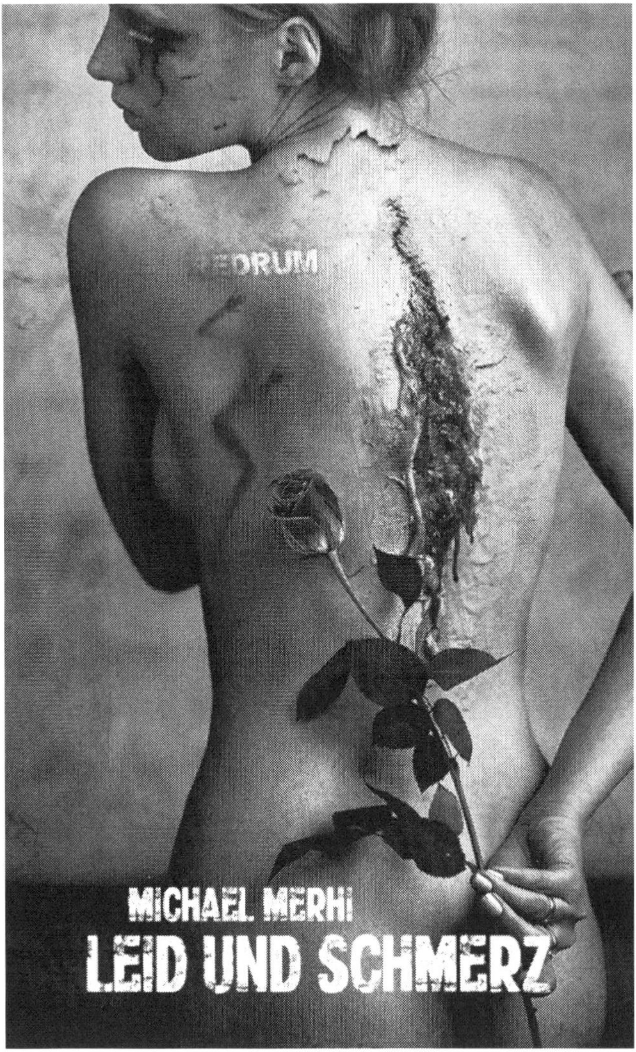
MICHAEL MERHI
LEID UND SCHMERZ

**REDRUM** loves you!

**REDRUM** liebt dich!

Printed in Poland
by Amazon Fulfillment
Poland Sp. z o.o., Wrocław

63881406R00129